鬼退治

パラレルワールド

滝川麻紀
TAKIGAWA Maki

文芸社

本書は二〇一七年六月三〇日に晴耕雨読より発行した
『鬼退治―パラレルワールド』に修正を加えたものです。

表紙カバー画　佐伯直樹
口　絵　　　富久千愛里

無残に撃ち殺されて散らばる子供たちの死体を仏教婦人会の女性たちが、またいで供養している。女教師の沙織も死体をまたいで、生きている少女に近づく。

姫さまは、撃たれた腹部を手でしっかりつかんで死んでいる子供の上を、またいで通り越して、沢田大尉のそばに行こうとしている。

「大丈夫でございますか」姫さまは、仰向けにのびている子供の死体のお腹をまたいだままにして、そう言った。

沙織が、子供たちの死体をまたいで歩いているところを眺めている恋人の九条。

鬼退治※目次

鬼退治

明治三十年。日本は尖閣諸島を国有化しました。このため、日清戦争勃発のおそれありの懸念が高まる日本でしたが、それよりも深刻な事態は、不平士族が国内で頻繁に反乱を起こすことでした。明治維新以後、侍天下の世の中を廃止した国の方針のために特権を失った士族たちが、逆賊となり、新たな内戦をひき起こしているのでした。

「世間では余のことを国賊と呼んでるようじゃな」賊軍の首領服部当摩は荒野の広場で大胆不敵の笑みをみせて喋ります。

「ふん。この国は我ら侍が支配すると定められた国なのにな。なんにせよ、K城を落とし、この服部当摩が、天下人になるのじゃ」

「お言葉通り。しかし私にはこの戦は万一もの勝ち目があるとは到底思えませぬ。K城を攻略することなど不可能です」

「じい。そちはいまさら尻込みしとるのか」

荒野の賊軍の兵も、無謀な戦をやるまえに、誰しもが尻込みしていました。

「K城を守る政府軍第三軍は一万五千名もの大軍です」じいと呼ばれた老兵はわめきます。

「たった一万五千がなんだという」

「たったですと。その一万五千に対して、わが軍は三千名の手勢にすぎないではありませぬか。五倍もの人数の差はいかんとも」

「じい。そちはその上で、わが軍の兵器は旧式で政府軍に劣っていることも申したいのじゃな。しかしわが軍にはそんな不利をくつがえす新兵器があるではないか」

「そんなものが、わが軍に？」

「ある。ここにアジアの豪傑の名をほしいままにした、大道寺天魔どのがおるではないか」

「えっ！」じいは、その天魔をみつめます。

誰もが不安な表情の中で、さすがはアジアの豪傑の天魔はひとり、自信満々とふてぶてしい顔。

そんな。アジアの豪傑といえども、政府軍の近代兵器には太刀打ちできぬでしょう。

「わが軍の頼もしい味方は天魔どのだけではなく、中国ゲリラやガキどももおる」

「中国ゲリラにガキども、とはそれは？」


Ｋ市のある旅館の最も上等な部屋で極秘の議論が行われていました。幕末では征夷大将軍の正室であった徳川聖火は、いまや維新により将軍の名だけ残っただけで、何の権威も持たなくなった夫の徳川謙信とは違い、平民の擁護者との身分で政府に強い影響力を持っていました。平民を擁護するという立場から、不平士族たちに命を狙われることもあります。

その聖火は、高級軍人や政治家ら十数名の中央に正座し喋ります。「いまは明治の世。お上と呼ばれる天下人は将軍から、天皇陛下へとなった。侍の時代はもう終わったというのに、いまだ不平士族が腐るほどおるとはな」

「特に国賊服部当摩率いる賊軍は、この関東に三千名の手勢でおしかけてきています」

「Ｋ城を攻略することが目的だが、そんな三千名にすぎぬ賊どもなど、賊討伐のために編成された第三軍の一万五千名の敵ではない」

「内戦とは情けない話よ」聖火が嘆息しました。「服部ら不平士族どもだけではなく、不満は平民の人々からも腐るほどあがっておる。

平民の擁護者の立場から私は、今の世の区別主義への平民の不平の手紙を毎日山ほど読んでおる。何が万民平等の世だ。華族、士族、平民といった差別をしてるとの怨嗟の」

「たしかにそんな平民の不満の手紙どおり、士族と平民を区別したがる世の中ですが、そうしなければ、ますます不平士族を増やすことになりますから、やむをえんでしょう」

「若い娘からは、服までも区別されることに不満があがってる。華族や士族の女性は優雅で艶やかな士族服を着ておしゃれができるのに、なぜあたしら平民はみすぼらしい平民服しか着てはならないという不公平な法があるのか、と政府のまつりごとを恨む手紙も」

「確かに色々な区別がありますな。ただ華族や士族は、平民の何倍もはたらいておりますす」

「聖火様。区別の話など、どうでもいいでしょう。いまは内戦の直前。いやこちらのほうは第三軍の圧勝と決まったことですから、たいした問題ではありませぬが、尖閣諸島を国有化したことにより、清国、いや国名が今は変わり、中国でしたか。その中国との戦争が避けられない事態となっております」

「欧米列強が眠れる獅子と一目おく、アジアの大国中国と戦えば、わが国は」

「有間どの。取り越し苦労です。何が眠れる獅子なものですか。中国など張子の虎です」

「目先のことを考え、私が危惧することはのう」聖火がここで真剣な表情になりました。

「世界的に悪名高い中国ゲリラのこと」

「あの極悪非道の中国ゲリラ」

「中国ゲリラはすでに密かに日本に侵入しているのではないのか。奴らは闇に潜んでゲリラ活動を行うのが十八番。いま生じる直前の内戦は中国ゲリラにとっては、凶行を行うには絶好のきっかけになる事態」

「まさか。ゲリラが、この日本に侵入するのは防ぐことができますよ。わが軍の実力で」

ここで物騒な足音が全員の耳に入りました。

賊軍でした。小銃を持った賊は約四十名。部屋に入ってきました。

「徳川聖火。お命ちょうだいに参上した！」

「きさまら、なぜ」

「問答無用」逆賊たちは皆、銃の引き金をひきました。あっけないできごとでした。

内戦に乗じ、中国ゲリラが、という噂が関東で流れて、街は殺伐とした雰囲気となっていました。

日乃平民小学校教師大岡沙織は胸騒ぎがして仕方がありませんでした。日乃平民小学校の児童たちの身を案じて、居ても立ってもいられない心境になっていました。

本日の午後八時から、日乃平民小学校の全児童は、西通路エリアで、夜間教練を行うということが定められていました。内戦や中国ゲリラを意識すると、沙織たち教員は、それは危険と思え、沙織は同僚の西田先生や音無先生と共に、本日の夜間教練の中止を、校長の伊地知に申し立てたのです。しかし伊地知校長は鼻で笑い、

「内戦など第三軍の精鋭によって、あっというまに賊討伐だ。非道の中国ゲリラだと。ふん。そんな者の日本侵入を許すほど、政府軍はまぬけではないよ」

それでも沙織たちが万一の事態がと言えば、伊地知は怒鳴りました。

「われわれ教育者はお国のために命を捨てる強い子供を教育する立場ですぞ。万一の危険がなんだというのだ」と人の話など聞かない人物でした。

いけない、と沙織は思いました。今のこの自分の胸騒ぎが、どうか取り越し苦労であってほしいと思いつつ、彼女は車の運転をしているお抱え運転手に、車を止めて、と叫びました。

「喜助さん。車を日乃平民小学校へ戻してちょうだい。はやく」

「はあ。なぜですか」平民の喜助には名字はありません。

「なにを青ざめているんです」

「とにかく学校へ急いで。さりとゆりのことは叔父上にお願いして」二十一歳の若さで沙織にはお腹を痛めた二人の娘がいました。夫の山井とは、離婚しましたが。

「かしこまりました」喜助は車を戻します。


日乃平民小学校の道場で小間使いの娘のちえが興奮した様子でまくしたてます。

「大変な事態となってしまいました。西の通路や東の通路で夜間教練を行っていた二千二百名の児童たちが中国ゲリラの襲撃にあいました」


道場に集まった女教師十数名は、悲報に沈黙しました。日乃平民小学校の先生は校長の伊地知を除くと、あとは女の先生ばかりです。


みな妙齢で美しい先生でした。スチュワーデスと同じで美貌でなければ女教師にはなれないのです。それと当時、教師は神聖な聖職者とされて、身分が高く、教師になれる資格は、士族又は華族出に限られていました。学校も、士族の子供は士族の小中学校に入り、平民の子供は平民の小中学校にしか入れないという露骨な区別がありました。それはともかく、道場に集まった十数名の女の先生たちはみんな沙織と同様、もしやと児童の身を案じて帰宅途中から引き返してきたのでした。

「どれだけ死んだのよ、子供たちが」


悲痛な西田先生の声に、ちえは応じました。

「西や東の通路や広場は子供の死体だらけ、と」

「そんな！」先生がたは卒倒しそうです。

「中国ゲリラの鬼畜どもが、幼い命を！」

「冷静になりましょ」と沙織が言いました。

「もう亡くなった子供たちはどうしてやりようもありませんわ。まだ生きてる子供たちを助けなければなりません」

「そうだ。生存者を助けよう」伊地知校長がそう喚くように言いました。彼は責任を痛感しているらしく、その顔は幽鬼のような色を漂わせています。

「すべては私の責任だ。私がばかだった。だがいまは生きてる子供を！」

「医師や看護婦さんたちは」

「助かりそうなものだけ、担架で運んでいった。助かる可能性のない子供はみんな放置だ」

「そんな。たとえ助かる見込みなくとも、病院で傷の手当てぐらい」

「一時間前に起こった服部の賊軍と第三軍の内戦の影響で助からないのが明らかな平民の子供など病院には入れられない、と」

「どうして。差別よ！」

女の先生たちが我を忘れ、感情的に怨嗟の言葉を並べるのを、伊地知は宥めると、最後の力を振り絞るように冷静な態度をみせて話します。

「みんな落ちつけ。冷静になって私の話を聞いてほしい」

若い女の先生ならば、勤めている学校の子供たちが多数亡くなった悲劇を前にして、そう簡単に落ちつけるはずもありません。

「これは軍の命令だが。西や東の通路や広場は、つまり事件の現場はありのままの状態を保て、との命令が出ているんだ」

「はあ。何故でございますか」

「現場検証のためにだよ」

「そんなことする必要はどこにもありませんよ。中国ゲリラの凶行以外にはありえませんもの」と沙織は言いました。

「私も不条理とは思うけど、一応殺人事件だから行うということだ。形式的に」

日本は形式をたいへん重んじる国となったのです。江戸時代以上に。でもこのさい、こんなことは目をつぶるとしても。

「けがなく無事な子供たちは下手に歩かせることは、むしろ危険な状態と軍の田淵中将は、そう判断された。護衛に沢田大尉率いる一個中隊の兵士を派遣するから、子供たちは事件の現場から動かないようにさせろ、と命令してきている」

「…………」

「千数百名もの子供たちが犠牲となった、と私の耳にはそんな悲報が入っている。私の責任だ。大岡先生たちの教練反対意見を聞いていればよかった」

伊地知校長は悄然と肩をおとし、嗚咽しました。

「だが、倒れた千数百の子供たちの二十％には、まだ息がある。どうせ助かりっこないが。その子たちを」

「もちろんですわ」沙織は頷きました。

「どうせ助からなくても傷の手あてぐらい、あたくしどもがして、人間の子供らしく、瀕死の子供たちを死なせてあげなくては」

「頼む。東の通路や広場に倒れてる子供たちには息のある子は、一人もいない。だから君たちは、西の通路の子供たちを」

伊地知は校長としての指図を述べました。その後、彼は校長としてしなければならぬことがありましたから、道場から立ち去りました。

「校長先生の指図だけど」

校長が姿を消してから沙織は、受持ちの二年二組の子供たちの顔を思いうかべました。可愛い教え子が、たった一人でも死なれるのが怖いのです。

「西の通路より、あたくしは、東の広場に真っ先にまいりとうございます」

「そうねえ」

沙織と同じく、二年生の担任の西田と音無も同感します。

「二年生の教練が行われていたのは東の広場ですもの。教え子の生死の確認をすぐにしたいから、先に東の広場へかけつけたいわ」

「でも、もう受持ちの子も何もないわ。みんな勤めてる学校の子供たちです。私たちは校長先生の指図どおり西の通路で、まだ息のある子供たちを、助けるべきですわ」

「でも」二年生が倒れているとしたら、東の広場です。どうか二組の子供たちはみんな無事でいて、と沙織は祈るしかありません。

「あの、先生がた」と小間使いのちえが話します。

「西の通路は、子供たちの死体がごろごろしていて、それをまたいで通るのは、先生がたのそんな士族服では、ちょっと」

「そうねえ」と沙織たちはみんなちえの進言に頷きました。沙織たちが着ている女性の士族服は、優雅に膨らんだ長いフレアスカートなのです。死体がるいるいとしている場では、邪魔なスカートです。

「体操着に着替えられたら、いいと思いますよ」とちえは言いました。ちえの着ている平民服はモンペ姿でした。

「名案ね」と十数名の女教師は、ちえの進言どおり、みんな体操着に着替えようとしました。ところが何故か、こんなときに体操着がぜんぶ紛失となっていたのでした。

「それじゃあ、テニス用のミニスカートがあります。そのミニをはけばいいと思います」

「ミニスカートですって。とんでもありません」と沙織ら女の先生たちは頬を染めました。

この当時では、女が脚を露わにするのは、ふしだらとされていました。女教師がテニスをするさいもみんな体操着でしていて、テニス用のミニスカートをはく人はいませんでした。

「そんなはしたないスカートなんて」

みんなが拒絶する中で、西田先生は恥じらう様子をみせながらも、

「私、ミニをはきます」

「そんな。お行儀の悪い」

「でも、どうせ倒れている子供たちをまたぐことになりますもの。女がまたぐのは、はしたないわ。そんなはしたない行為をとらざるをえない状況では、お行儀の悪いミニは現状に応じたスカートだと、思いますわ」

西田先生の言葉に二人の先生が共感して、「私も」とミニスカートをはくことを選択しました。沙織は、ちょっとかがんだら、スカートのなかが丸見えなどというミニスカートは、とてもはけません。ロングのフレアは邪魔ではありますが、めくり上げれば、と思う。


沙織たち十数名の女教師は、校長の指図どおり、西の通路へ向かいました。日乃平民小学校から西の通路まで数キロですが、西へ足を踏み入れる前の狭い道で、子供たちの死体がごろごろ転がっているのが見えました。おびただしい流血に、沙織たちは、きゃーっ！　と悲鳴をあげました。

満月と星光により、今夜は、とても明るい夜でした。

「四年生の子供たちです」

と音無先生。

沙織たちの背後から四年七組担任の大平先生が急ぎ足で、沙織を追い越しました。転がっている子供たちをみつめる大平先生はミニスカートをはいています。彼女は、目の前にのびている子供にもう息がないことを確認すると、手を合わせて、ごめんなさいと言いながらまたいで行きました。そして倒れている子供たちの顔を見て歩き、受持ちの子供たちが何人か亡くなっているのを目の当たりにすると、しゃがみこみ、すすり泣きました。

「中国ゲリラは、鬼ですね」西田先生は、泣きつづける大平先生をみつめて言いました。

「でもこんなのは、序の口ですわ」

「待って。西田先生」と沙織は、大平先生にかけよろうとする西田先生に声をかけました。

「あたくしが持ってるこの箱を代わりに持っていただけませんかしら」

保健室からの限られた薬が入っている箱でした。

「そうですわね。大岡先生のそんなスカートではねえ」

「すみません」箱を西田に持ってもらい沙織は、ゆったりと膨らんだスカートの前を両手でつかみました。ミニスカートの西田先生は、箱を右腕で抱えても、子供たちの死体を身軽にまたぎ越して行けます。でも沙織はそうはいきません。またぐときにスカートの裾を死体の血で汚さないように、と、脚を大きくひろげるために、太股が露わになるまでスカートをめくり上げなければなりません。西から東の通路あたりはリノリウム造りの道でした。

軍はここら一帯に何かを建設するつもりでいましたが、それは途中で放棄されたのです。

リノリウムですから、血などを踏めば、すべってこけてしまいます。たとえ死んだ顔をまたいでも、血は踏まぬように気をつけて沙織は、大平先生のそばに行きます。

「大平先生。お気持ちは察します。でもここでは、もう息のある子供はおりません。さあ参りましょう」

「はい。でも私はもうしばらくは、この子たちのそばにいてあげたいのです」大平先生は、そう言いました。涙は止まっていました。

「左様でございますか」沙織は、死体のそばにいても仕方がないのに、とは思いました。

大平先生を残して進んで行きますと、護衛の兵隊たちの姿が見えました。

少尉らしき階級の人が、西の通路へ足を踏み入れる沙織たちにその理由を質してきます。

少尉は納得しました。

「なるほど。貴女がたの心中察します。でも現場検証が下令されておりますから、絶対に死体にはふれてはいけませんよ。まだ息のある子もこときれればタッチしないこと。貴女がたの名は……あっ」

少尉は、絶世の美女の沙織をみつめて、歓声をあげました。

「貴女さまは、大岡男爵の令嬢の大岡沙織さまですな。これはこれは」

形式的なことを終え、沙織たちは、生存者の四年生らしき子供たちを見ました。心に傷を負ったその子たちは何人かの兵士に守られて、呆然自失状態で佇んでいました。沙織たちが声をかけても、ものが言えない状態です。

「参りましょ」

西の3通路は、お話にもならない地獄の光景でした。幾百ともしれぬ子供たちの死体がるいるいとしている有様でした。その中で、瀕死の子供たちのうめく声が聞き取れます。

「動じてる場合ではなくってよ。まだ息のある子供たちを助けなくては」薬品の箱を抱えている西田先生はうわずった声を発しました。

それから、血で染まった子供たちをひとりひとりまたいで、沙織と音無先生の方にふりかえり、

「急ぎましょ」との声をかけます。

「まあ、西田先生」沙織は眉をひそめます。

「仏さまの上を、ぽんぽんとまたいだりして。あたくしは手を合わせて、またぎたいわ」

沙織の話を、音無先生は聞きながらも冷たく言います。

「でも少しは急がなければ」

「そりゃあそうですが」沙織は吐息をつきながら、スカートをめくり上げます。はしたないわ、と心の中でそう呟きつつも、脚が露わになるまでめくったのです。それから、殺されている子供たちの上を、どうしてこんなことになったのかしら、とか、またいでごめんなさい、とか、いろいろな気持ちをこめて、ゆっくりまたいで歩きます。その途中、沙織は視線を感じ、頬を染めました。護衛の兵隊たちが、スカートがめくれて露わとなっている沙織の太股に視線を注いでいるのです。ミ

ニスカートの西田先生にはそれほどでも、裾がめくれてみえる沙織の脚にはそそられるのでしょう。あたくしもミニスカートをはけばよかったわね、などと思います。

「貴女さまは、天皇陛下の皇女であられる、末の方さまですね」護衛の役目を担う一個中隊を率いる沢田大尉は、ふかぶかと頭をさげました。

「わたくしは皇女であるまえに、仏教婦人会の会長です。でも、わたくしにそんなに頭をさげることなどありませぬよ」と末の方は、にこにこと笑って、喋りました。

「とんでもありません。姫さま」江戸時代ではお姫さまは日本中に、それこそいくらでもいましたが、維新以後は、姫さまと呼ばれるお方は、この末の方だけです。沢田は姫さまの身分だけではなく、その現実離れした美しさにも圧倒されていました。

「それでは、ごめんあそばせ」と姫さまは優雅な身のこなしで歩きはじめます。

姫さまには二人の侍女がついていました。

二人の侍女は仏教婦人でもありました。仏教婦人はみ仏につかえ、死者を供養する最も神聖な職とされて、華族の子女でなければこの職にはつけませんでした。そしてこれ又、スチュワーデスのように美貌と知性が必要とされていたのです。まこは新米の仏教婦人でした。歳は十七。緊張していました。

西通路の子供たちの死体と流血を見ると、まこは、きゃーっ！　と悲鳴をあげました。

「まこさん」

姫さまがやわらかに話します。

「この子供たちは仏さまです。ですから、怖がることはありませぬ。怖いのは、むしろ生きている人のほうです」

「はい。それはたしかに」まこは姫さまの落ちつきはらった言葉になごまされましたが、目の前にごろごろ転がっている子供たちの死体を見て、

「これでは、またがなければ、前に進むことができませんよ」

「悲劇の光景です」姫さまも眉をひそめました。

「この子たちの魂を迷わず、極楽へと導くのが、わたくしたちのお仕事です。この子供たちをまたいで供養してさしあげましょう」

姫さまとまこたちは、手を合わせて供養しました。まことて仏教婦人のはしくれ。供養により、何人かの子供たちに引導をわたしたことはわかります。でもそれから、フレアスカートをめくり、死体をまたいで歩くときに、仏さまをまたぐ行為はいけないことと思え、まこは、ごめんなさいと詫びていました。死体は鮨詰めで血溜りがあって足の踏み場が限られてしまい、子供の顔をまたがなければ通れぬところもあります。もう死んでいても、顔の上だと、スカートのなかが、どこか気になります。覗かれているような気がするのです。それでも供養するためには、みんなまたがなければなりません。姫さまともう一人の侍女は、黙ってまたいでいます。でも、まこはいちいち、ご

めんなさい、ごめんなさいと口の中で繰り返していました。もう少し進むと、まこは、ほっとしました。道幅は広くなり、死体も少ない通路になってくれたのです。でも、姫さまは、手を合わせて供養をすませてから、スカートをめくって、死体をまたいで行きました。その行為にまこは、えっと思いました。よけられるスペースがたっぷりあるのになぜ？　姫さまにまたがれた死体を、まこはもちろんよけて行きました。姫さまは真直ぐに進み、前に子供がのびていると、平然とまたぐのです。五人目の死体をまたごうとする姫さまに、まこは堪りかねて進言します。

「姫さま。子供といえども亡くなれば仏さまでございます。よけて通れる仏さまはまたいではいけないと思います。こんな地獄のような状況でも、最低限のマナーは守らねば」

姫さまはスカートをおろし、まこをみつめて話します。

「まこさん。わたくし達は仏教婦人ですのよ。今は供養をしてさしあげる神聖なお仕事の最中ですから、仏さまを前にしてるこのお仕事の最中では、心の中で、つねに供養の気持ちで手を合わせ続けていれば、この子供たちをまたぐ行為すらも供養をしているうちになるのです」

姫さまは艶やかな微笑を見せながら、ものやわらかに話していました。

もう一人の侍女も微笑んで補足します。

「まこさんはこのお仕事新米だから理解しにくいかもしれませんね。でも姫さまが、またいで供養してさしあげましょうとおっしゃられた意味はこういうこと。いっぱいあったら、またぐわね、誰だって。だから、姫さまはそんないけない行為をしているときにこそ、もっともっと供養の思いを深めるお方なのよ」

「はあ。供養の思いを深めるために、あえてよけてお通りにはなられないのですか」

「そうそう」

三人が供養しながら先へ進むと、又、死体の数はどんどん増えていきます。まこは供養を終えて、男の子の上をまたぎました。ところがその子は虫の息で、お母さん、と声を発しました。まこはふりむき、きゃーっ、と悲鳴をあげます。まだ生きている子供をまたいでしまったことに頬を染めました。

虫の息のその男の子は、かがみこんでのぞきみた姫さまの手を握ってはなしません。

「うちはどこ。名前は」と姫さまが聞くと、子供は「ぼくは、三郎」と答えました。

「しっかりして」

「貴女は帝の皇女。姫さま」と子供は握った手に力をこめました。「ぼくは今、おそれおおくも姫さまの手を握ってる。お母さん」

三郎という子供は息絶えました。

「かわいそうに」と姫さまはそう呟き、スカートを大胆にめくり上げました。

そんな姫さまの前に佇むまこは又、どきりとしました。そのめくれたスカートから真っ白なパンティが露わになっているのです。そして姫さまは、三郎という子供の死体を、よいしょと言いながら、またいで通りました。

それにまたまた、まこは、えっと思い、唖然としました。こんないたいけな子供が死んでいるのにその上をまたぐときに、よいしょとは、なんという言葉の粗相でしょう。姫さまはつねに供養の気持ちを忘れずにいさえすれば、と言いましたけど、供養の気持ちを強く持っているのならば、よいしょとは、余りにも矛盾がありすぎて話にもなりません。ただ、よいしょの言葉をかけながらも、姫さまの目には確かに三郎への憐れみの表情がうかんでいたのを、まこは見逃さなかったのです。よいしょなどと言いつつも、憐れみの目とは。何よ、何よ、とまこには、この姫さまというお方が、どうにもわかりませんでした。

数分ごとに息のある子供たちは次々と減っていきます。沙織は急場の看護に疲弊しておりました。もはや医薬品もきれて、助かる可能性のない子供たちに、ただ、しっかりして、とはげますことしかできないというのはむなしさ故になおさら骨が折れます。しかしこの地獄の場にそぐわぬ華やかな雰囲気が次第に満ちてきました。死体を供養するために仏教婦人会の女性が幾人か駆けつけてこられたからです。彼女たちは、死体の供養に没頭しながら、スカートをめくり、またぐときには、ごめんなさいと言いますから、その声で、虫の息の子供たちの声が、かき消されてしまいます。沙織の方は、まだ息のある子供たちを相手にせねばなりません。沙織の心は剃刀で切り刻まれているかのように痛んでいました。

沙織は背後に生きている子供の気配を感じました。ふりかえると、護衛の兵士たちのいるところにいなければならない、無傷の少女が座り込み、六年生の少女の死体から、必死に何かを捜していました。死体の服のボタンをはずしたり、ポケットに手を入れたりして、その少女は真剣な表情で、何かをみつけようとしているのでした。

「何をしているのですか」と沙織が声をかけても、胸の名札から、四年生のひなという名の少女は、沙織には目もくれず、六年生の花梨という少女の死体から手が離せない様子でした。

「おやめなさい。死体にはふれてはいけません」

「あった」と、ひなは叫びました。ひなの手には指輪があり。それを沙織に見せます。

「先生、これは亡くなったお母さんのかたみなの。でも、この花梨さんが、今日の登校のときに意地悪して、とったの。だから」

「まあ。それで捜していたのね」沙織は納得しました。ふと、花梨の死体を見て、眉をひそめました。シャツのボタンがはずされて、発育のいい胸の乳房がむき出しになっているのです。でも冷たいようですが、それはほうっておいて、

「それなら、もういいでしょう。さあ、兵隊さんたちがおられるところへお戻りなさい。ね。危ないから」

「うん」ひなは立ち上がります。とたんに少女の体はふるえはじめました。

「死人が怖い」

「どうして。あなたは、亡くなったお友達をまたいで、ここまで来たのでしょう」

「そのときは無我夢中だったから。いまは」

「そう」沙織は肩をすくめました。行きはよいよい帰りは恐いということ。沙織は、花梨の死体をみつめます。またぐなら、せめて下半身にしたくとも、あいにくそこは血の海ですから無理でした。この花梨だけではなく、ほとんどの死体は胸とかお腹や背中あたりをまたがなければなりませんでした。血溜りのせいでもあるし、上半身あたりなら、死体と死体が重なっていないものですから。

「先生、あたし足がすくんで動けないよ」

「しょうがないわね」と沙織は、スカートをめくり上げました。

ひなは、いきなりめくれて露わになった沙織の太股を目を丸くして、じっとみつめます。

「まあ。何ですか」沙織は少し苛立ち、目の前に体をのばしている花梨の死体を見て、

「またぐから、ちょっと、どいてちょうだい」

ひなはやっと、しりぞいてくれました。

沙織は吐息をついて、ことさらゆっくりまたいで、ひなのそばに行き、そのふるえている肩を抱きました。

「さあ大丈夫ですよ。ね。怖くありませんよ。回れ右して。さあ、先生と一緒に、死人をまたぎましょうね」

沙織は、右腕はひなの肩を抱いているために使えないので、片手でスカートをめくります。片手だけではどうしても、死体にスカートの裾がさわってしまいます。血で汚れたくないので、躊躇し

ます。そんなとき、大平先生がやってきました。ひなは大平先生の受持ちの子でした。

「ひなちゃん。だめじゃない。こんなところにいては」

大平先生は、沙織を見て、

「先生、すみません。この子は私がつれていきます」

「そうして頂ければ、あたくしも助かります」

ひなは一年生くらいの体格しかありません。

大平先生はミニスカートだから、ひなを抱っこできました。

「ありがとうございます」と沙織は、大平にひなをまかせて、花梨の方へ向き直りました。

仏教婦人がスカートをたくし上げて、しゃがみこみ、花梨の死体に手を合わせていました。彼女は十六か十七歳くらいの可憐な女の子でした。

花梨のシャツのボタンがきちんとはめられているのに沙織は気づいて、

「貴女が、この子のボタンを」

「はい。あまりにかわいそうでしたので」女の子は、そっと立ち上がりました。

「やさしいかたですね。貴女は」

「いえ。人として、当たり前のことをしてあげたまでですわ」女の子はてれたように、ちょっと笑いました。

いま沙織と女の子は、花梨の死体を挟んだ形で話をしています。沙織は気をきかせて、女の子が、またげるように退きました。でも、女の子のほうも、死体から退いていました。

「かまいませんのよ。一人でも多くの亡くなった子供たちを供養してあげてくださいませ」と沙織は言いました。

「いえ。わたくしはそれほど急ぐ必要はございませんの。先生こそ、お急ぎでしょう。お先にお通りになられてください」

「お気遣いありがとうございます」と沙織は、数歩進んで足をとめて、スカートをめくり上げました。花梨の死体を見て吐息をつきます。ボタンがはめられてはいても、その上半身は白シャツがおびただしい血で染まっているのです。もう、むごいわね、と呟きながら、またいで行きました。失礼いたしました、と女の子に頭をさげます。亡くなった子供たちの上を、ごめんなさいとまたいで進むと、

「お母さん、助けて」

瀕死の子供が声をたてました。六年一組の太一という子供です。この場においては、彼は困った少年でした。怨嗟の言葉しか口に出さない子です。どうせ助からないのなら、いい加減にことされてくれればと、どの先生もいらいらと、そう願ったりもします。

「悔しい。中国ゲリラの奴ら。ぼくは死にたくないのに中国ゲリラめ。あいつらは、鬼だ」

「太一君」恨み言は聞きたくなくとも、息のある子供の相手はしなくてはなりません。沙織は裾をおさえて、太一のそばにかがみこみます。

「しっかりして」

「先生、中国ゲリラを皆殺しにして。何で中国ゲリラにぼくらは殺されなきゃなんないの。ぼくは何の悪いこともしてないのに」

この太一の言葉は嘘になります。この少年は弱いものいじめをする学校で一番の問題児でした。

「ちくしょう。先生、か、か、仇をうっ！」

ぴくりぴこぴことの動きを最後に、太一は息絶えました。沙織は太一の手首の脈をはかり、やっと息をひきとったことに、心の隅では、ほっとしていたのでした。沙織は立ち上がり、太一の死体に手を合わせてから、スカートをめくり上げました。そして、安らかに眠ってね、と呟きながら、またいで通りました。

次に前をふさぐ少女が、先生、と声を発しました。

あわててスカートをおろしながら、一瞬、沙織は驚愕して目の前にのびている少女をみつめました。そんなばかな。沙織たちはとうにこの少女が亡くなったことを確認したのでした。ただ稀に死者が蘇生するケースもあります。これまたどのみち助からない少女の名前は、琴恵といい、五年生の生徒です。受持ちの子供ではなくとも、琴恵には後ろめたいような気持ちがあるのでした。

「琴恵さん」

琴恵をみつめながら、沙織はしゃがみこみました。そのとき、ふわりと花のように膨らんだスカートが、太一の死体を被いました。

「沙織先生ね」

「琴恵さん。しっかりして」と、かがんだままで虫の息の少女の手をにぎる沙織のフレアスカートの膨らみに、偶然居合わせた九条は目を奪われていました。丸く膨らんだスカートが太一の死体の上に被いかぶさっていることに着目していたのです。死体の顔からお腹あたりを被い隠している白いスカートの広がりを一瞥して、九条は注意深い沙織らしくはないと思いましたし、残酷にも思えました。しゃがんだ沙織のスカートが死体を被い隠していて、見えるのは両足だけなのです。みじめな姿。もし自分がこの被われている子供の親ならば、これを見て怒りを覚えようものです。そんなことを考えたあげくに九条は、沙織のスカートに被われている子供の姿に、変態が見れば興奮するとも思えるエロチシズムを感じてしまいました。もしこの被われている子供が生きていたら、スカートのなかが丸見えだろうなあ、との。

背後の九条と自分のフレアスカートが広がっていることには気づかず、沙織は琴恵のそばに座って喋ります。

「あのときのこと」

「そう、あのとき、学校の廊下で、ふざけて寝転がってた生徒を、あたしがポーンとまたぎ越したとき。沙織先生と音無先生は、あたしを叱りつけた。先生言った、女の子が人をまたいではいけません。そんなお転婆していたら、お嫁にいけなくなりますよ、と」

「確かに先生はそう叱ったわね。でもでもね」

「だから未婚の女の先生たちや仏教婦人の人たちは、みんなお嫁にいけなくなるのよね。あたしたちまたいだから」

沙織は琴恵の手を強くにぎり、話します。

「あんのんとした平時と今の状況は違います。あなた達はもう亡くなってるから、仕方なく」

「あたしはまだ生きてるよ。それなのに」

「そうねえ」と沙織はこの少女に合わせることにしました。

「きっとみんなお嫁にいけなくなるわね。はしたないことをしたから」

「沙織先生だけはあたしをまたがなかった」

「もちろんよ」咄嗟に沙織は嘘をつきました。

「先生も再婚はしたいから」

琴恵がこんなことを苦しい息の下で喋るのは、自分が死にゆく切なさをまぎらわせようとして、とは沙織にもわかります。ここで音無先生が沙織の前にやってきました。

「ああ音無先生」蚊のなくような声だった琴恵は叫びました。

「あのときあたしを叱っておきながら、音無先生はあたしを何回もまたいだ。だから音無先生はお嫁にいけなく！」

琴恵は興奮した反動で息絶えました。沙織は琴恵の脈をはかり、今度こそ完全に亡くなったことを確認します。手を合わせました。

「確かに亡くなっていたのに」と音無先生。

あのときのあのことか、と九条は思いだしました。貴族院議員の彼は、伊地知校長の甥でした。それをいいことに何かと日乃平民小学校に出入りしていました。秘密ですが、沙織に会うことを楽しみに。沙織の方も自分に気があるように彼には思えました。それはともかく、あのとき学校の廊下で、沙織や音無が琴恵を叱っているのを見聞きし、お嫁にいけなくなりますよ、との沙織の言葉に九条は、爆笑したものです。その沙織は今、まだしゃがんだままで、琴恵の死体に手を合わせています。でも太一の死体がスカートで被われたままなのを見直すと、九条もあまり、いい感じはしないので、沙織の粗相をたしなめます。

「えっ。まあ。あたくしとしたことが」

やっと気づいた沙織は、スカートをひき上げながら立ち上がり、スカートの裏地が血で汚れたことを気にする様子をみせました。

「お恥ずかしいところをお見せしてしまいました」沙織は九条の顔をみて、可憐に頬を染めました。

「ごめんなさい」

「あの。通らせて頂けませんこと」音無先生はそう言って無造作にスカートを持ち上げ、脚を見せます。急いでいるのに、と苛立ちの表情をしていました。

「はい。すみません」と沙織は音無の足の踏み場をつくるため、少し左側によりました。

音無先生は、琴恵の死体など平気でまたぎました。死体は重なり、鮨詰めですから、琴恵の上しか通れない有様なのです。

「貴女も急ぎの用があるのでしょう」後ろから九条が沙織の肩をぽんと叩きます。

「この少女の譫言など気にする場合ではありません」

「はい。でも、あたくし、皮肉に思えますの。この子に嘘もつきましたし」

「こんな場合ではしかたがないですよ」

「はい」沙織は、目の前にのびて息絶えている琴恵にまた手を合わせました。それからさわらないようにスカートをめくり上げて、ごめんなさいと言いながら、またいで行きました。

九条は琴恵の死体をみつめて首をひねりました。沙織のごめんなさいという声が、小さな声ではなかったのが、おかしく聞こえたのです。お嫁にいけなくなるとまで叱ったあのときのことを沙織は過剰に意識し、この少女をまたぐのに抵抗があり、大きな声で、ごめんなさいと。女はどうして割り切れずにこんなことに感傷的になるのか。音無先生は気に留めなかったけれど。男の九条の感覚からは、こういっぱい転がっていれば、死人は敷居のようなものです。でも仏教婦人会の女性たちも、またぐときに、ごめんなさいとの言葉をいちいち口に出して言う女性が多く、何だか滑稽と九条は思いました。無論、九条とて襲撃した中国ゲリラには憤ってはいました。中国ゲリラの児童襲撃の動機は、日中戦争を一刻も早く起こすことです。ゲリラの狙い通り、日本政府もこれだけの子供たちが中国人の手で虐殺されれば、黙っているわけにはいかず、開戦に踏み切る決断をくだすはずです。ゲリラの思惑どおりでも、ゲリラ達は、祖国中国を眠れる獅子だと思い込んでいて、日本に勝てると信じているのです。ばかめ。中国は実際には張子の虎だ。日本軍の敵ではない。それを罪深いゲリラどもに思い知らせるべきだ、と九条は思い、開戦を熱望する気持ちとなっていました。いまひとつ九条が考えるのは、内戦のことです。第三軍と賊軍との戦力差から、あっというまに賊討伐のはずですが、いまだにその朗報がはいってこないのに、何だか嫌な予感すらします。第三軍は、たかが三千名にすぎぬ賊軍にてこずっているのか、いや、そんなはずはない。情報ははいってこずとも、内戦は、もう終わっているはず。

西の6通路にも幾百ともしれぬ子供たちの死体がるいるいとしている有様です。女の先生らしき人がすすり泣く声。護衛の軍人たちが怒鳴り合う声が聞こえます。これまで、仏教婦人のまこも供養をしながらも、血で染まった子供たちを数えきれないほどまたぎ、ときにはうっかり踏んづけたりもし、この地獄の最中で狂躁状態に至る寸前になります。まこはまだこの仕事に慣れていないからもありますが、もう一人の侍女も、子供たちの死屍累々にはさすがに動揺の色は隠せません。それでも姫さまだけは動揺の様子はありません。

姫さまは、足の踏み場がなければ、ちょっとかがんで、手で死体をごろりと転がし、踏み場をつくります。

「いけません」侍女が咎めます。

「現場検証が下令されています。勝手に死体を動かしては、問題です」

「現場検証など、ばかげた形式ですよ」姫さまは、言い切ります。

「いくら死んでいても、子供を踏んづけては、かわいそうでしょう」

そりゃそうよ、とまこは、姫さまのこの言葉には共感できました。ここまでの大罪を犯した者たちは中国ゲリラと決まっているのに。

まこは供養のお仕事にとりかからねば、と思い、目の前を直視すると、きゃーっと悲鳴をあげました。仰向けにのびて息絶えている少女のお腹からは腸が飛び出ているのです。

「どうしたの」と姫さまが聞いて、ぞっとするその死体をみつめます。でも顔色ひとつ変えず。

「この子の供養は、わたくしにまかせて。貴女はあちらを」

姫さまは、腸が出ている少女のそばにスカートの裾をおさえて、しゃがみこんで手を合わせると、気持ちをこめて供養しました。

祈る姫さまはますます美しい。この美しさに勝てるものはこの世にはない、と護衛隊長の沢田大尉は四十の年齢を顧みず、虜にされて、距離をおいた所で、姫さまに見惚れていました。片時も目が離せない心境になります。

姫さまが優雅な身のこなしで立ち上がり、スカートをめくり上げて、腸が飛び出ている少女の死体を注意深く見ながら、またいで通るのを注視していた沢田は性的興奮に我を忘れます。見えた。スカートがめくれて、一瞬なかみが露わとなった。フリルの白い下着だったぞ！　猛烈な刺激に沢田の心臓は早鐘のごとく。熱い汗をしたたらせ、雄の本能により、足は、姫さまの方へどんどん進んで行きます。いくども死体を踏んづけながら。

姫さまは、三人も折り重なっている子供たちにもう息がないことを確認してから、三人に手を合わせて供養しました。目を開けて、沢田を見て吃驚します。でも普通は理由もなく出しぬけに近づいてきた沢田に怪訝そうな表情になるものですが、彼女は心配そうな目で、沢田をみつめました。目の前にいる沢田は今にも卒倒しそうな様子だったからです。

「どうかなさいましたか。お顔の色が良くありませぬが」

姫さまの温かい言葉のおかげで沢田は幾らか落ちつきました。

「そんな。おそれおおい。姫さまが、そのようなお言葉を私ごとき者に」

沢田はふかぶかと頭をさげました。

「わたくしに頭をさげる必要はありませぬ。仏の前では、わたくしも貴方も誰もが平等でございますから」と姫さまは言いました。

「とんでもありません。あっ、姫さま」沢田は飛び上がるような挙動で青ざめた顔をあげました。自分と姫さまとの間に三人も折り重なっている死体の山を見て又、頭をさげました。

「ご供養のご最中だったのですね。私としたことがとんだご無礼を。お許しください」

「結構です」姫さまは微笑みました。

「この子たちへの供養は、もう終わったところです」

「はあ」この場にそぐわない可憐な微笑に沢田の心臓は再び早鐘のごとく。この苦しさこそが真の恋なのだと沢田は確信しました。姫さまがスカートをめくり上げると、心臓は破裂する直前になりました。その露わとなった太股から目をそらし、三人の子供たちの死体の山を見ます。

「ひ、姫さま、この子供たちを、おまたぎになられるのですか」

「はい」姫さまの顔から笑みが消えて、また心配そうに沢田を見ます。

「大丈夫でございますか。さきほどより、お顔の色が」

「だ、大丈夫であります」沢田は胸を手でおさえました。

またぐだと。この折り重なった子供たちの死体の山の上を、このお美しくも可憐なお姫さまがスカートめくりし、太股を露わにして。それは沢田には猛烈なエロと思えたうえで、このお方にしては、たいへん行儀悪くも思えたのです。いや、このお美しいお方でも、トイレには行くのだ、などとばかげたことを考えなくては、とても神経がもちません。

「姫さま、どうか私なんぞにかまわず、ご供養のお仕事を」と、ごろごろしている死体を飛び跳ねて、しりぞきます。

姫さまは、死体の山の上を、よいしょと言いながら、またぎ越しました。それから手を合わせて、前を塞ぐ亡くなった子供たちに引導をわたすべく、供養を。でも沢田の今にも卒倒しそうな様子を窺い、スカートをめくり上げて、沢田のそばに行こうとします。でも、前を塞ぐ子供をまたぐのは、さしもの姫さまとて、ためらいます。その子供は、胸の名札により、新吉という名前とわかりますが、仰向けのその子には、まだ息があるようにも見受けられました。

姫さま、その子をまたいではだめ！　とまこは姫の後ろから、そう心中で叫びました。どうでもいい他人を案じ、そんな人に近づくために姫がまたごうとしている、新吉という子供にはまだ息があり、両目はフルに開いて、微かに体も動いているのです。でも姫さまは少しためらっただけで結局、新吉の上をまたぎました。そのとき、フレアスカートは花のように広がり、なかみが、すなわち真っ白なパンティが、微かに息があった新吉の目を射たようなのです。その刺激がとどめとなり、新吉は、お母さんと言って息をひきとったようにまこにはそうとれました。姫にまたがれて息絶えた新吉の姿を見てまこは眦を吊り上げました。何ということ。この新吉という子供は、姫さまに、またぎ殺されてしまったのです。まさか。子供がそんな色気づいている年齢じゃないよ、と人はそう言うでしょう。でも名札を見ると、新吉は六年生。十二歳ならば早熟の少年であれば、姫さまのスカートのなかは刺激となるでしょう。姫さまがまたぎ殺した、とはこれは後で、大変な問題に。

新吉をまたぎ殺しておきながら、姫さまにはそんな自覚はまるっきりなく、撃たれた腹部を手でしっかりつかんで死んでいる子供の上を、またいで通り越して、沢田のそばに行きました。スカートはめくったままで、目を丸くしてみつめます。

「こんなに汗が。お体の具合がお悪いのですね」

「いえ、刺激が」性的興奮がおさまらず、気も狂わんばかりの沢田は堪らずに正直な言葉をしぼりだしました。裾がめくれて純白のパンティがちらりと見えるのが、こうも間近となれば、興奮に思考力も失われます。

「め、目が、どうしても、その、貴女さまの太股に」

「まあ」

「うあ！」と沢田は死体に躓いて転倒します。

「大丈夫でございますか」姫さまは、仰向けにのびている子供の死体のお腹をまたいだままにしました。踏み場が限られているから、仕方がありませんが。

「おけがはございませんか」

沢田は赤の他人の自分を、こんなにも心配してくれる姫さまのやさしさに胸苦しさは高ずる一方です。何てやさしいお方だろう。いや、と、恋に狂った頭で都合のいい考えを抱きました。ひょっとしたら、この姫さまのほうも俺に恋心を、などと思ったりもします。

「姫さま。私には、妻子がいますが！」

「貴方もさぞ、ご心配でしょうね。いま関東はどこも危険な状態ですから」姫さまはスカートをめくり、またいだままにしている子供の死体を、吐息をつきながら、みつめます。

「まあ」と驚愕に目を吊り上げました。

「どうかなされましたか、姫さま」

「妙ですわ。この子」姫さまは、またいだままにしている死体から、脚をひいて、沢田をみつめました。「大尉どの、貴方は、おわかりにならないのですか」

「えっ。何が」沢田は立ち上がりました。

「ご覧になって」姫さまはスカートが広がるのを手でおさえて、しゃがみこみます。「この子の弾痕ですよ。よくご覧ください」

沢田は死体を覗きこみます。

「あっ！　こんな弾痕は、機関銃でやられた、と思える！」

注意して見ると、どの死体にも機関銃によってできる弾痕が見受けられました。

「中国ゲリラが機関銃を持ってるはずがありません。もしやこの子たちを襲撃した者は、賊軍ではございませんか」

「まさか。もしそうだとしても、逆賊どもが、平民の子供たちを襲撃したとして、いったいどんな得をするというのです」

「わかりません。でも」姫さまは険しい表情をして、立ち上がりました。

西通路の護衛の役目を担っている兵士たちは話をします。

「ここら辺りも息のある子供はもう殆どいない。中国ゲリラの所業は許せねえ。だが本当にこの襲撃は、中国ゲリラがやった凶行なのかな」

「こんなひでえことするのは中国ゲリラ以外ありえぬ。ゲリラはいずれ、わが軍によって」

「でも内戦の方はどうなっているんだ。K城でおこなわれている関東戦争の方は」

「もうとうに終わってるさ。第三軍の圧勝だ」

「そんな朗報は全くはいってこないぞ」

「まだ戦闘は続いてるのかもしれんが。賊軍の手勢はわずか三千名にすぎん。第三軍は一万五千名だぞ。兵器だって賊軍は旧式装備じゃないか。国賊服部は、大道寺天魔という豪傑がわが軍の切札とほざいた。ばかめ。この近代戦に天魔ひとりが何だというんだ」

「だが、俺はしきりに嫌な予感がするんだが」


東の広場へと沙織は足を急がせていました。

夜が白むと、虫の息だった子供たちはみんな死んでしまい、教師が急場の看護人をする必要がなくなったのです。沙織が最初からしたかった受持ちの子供たちの安否の確認をするために東の広場へと急ぐ気持ち。でもやはり、西の3通路は、るいるいとした子供たちの死体だらけです。ただ、ここはすでに何回も通った道でした。でも朝日で見ると、あらためて凄惨な光景です。この亡くなった子供たちを始末して頂かねば。でもどうせ死体の収容は後回しにされるわ、と沙織は吐息をつきながら、スカートをめくります。そして、まるでこわれた物が捨てられているように、ごろごろしている死体を、ごめんなさいと言いながら、またいで歩きます。五年生の琴恵の死体が前を塞ぐと、ふと立ち止まります。人をまたいだらお嫁にいけなくなる、と先生は、あたしを叱ったくせにという琴恵の言葉を思い起こしたのでした。沙織は微苦笑をうかべます。気にすることないわ、と、琴恵をまたごうとしたときに、視線を感じ、スカートをおろして、脚を隠しました。

雲水姿の坊主が、向こうから近づいてきたからです。沢庵という高名な坊主です。

「お坊さま」

「女の先生ですな。日乃平民小学校の」沢庵は、沙織の身分を見抜き、琴恵の死体を無表情に眺めます。「この少女の仏に、貴女は、なんらかの感情がありますね」

「別に。あたくしはなにも」

「こんな有様に直面し、動揺のないなどという女の先生はおりませぬよ」と沢庵は合掌し、自分と沙織の間にごろごろ転がっている琴恵たちに念仏を唱えます。

沢庵が念仏を唱えて供養されている最中の琴恵を沙織がまたぐわけにはいかず、前に進めないことに苛立ちます。

「あの。お坊さま」

沙織の困惑顔に気づき、沢庵は笑いました。

「何を躊躇してるんです。この子供たちはもう死んでいますから、またいでも大丈夫ですよ」

「はい。ためらいませんが、でも」

ここで、沢庵の背後から、将校階級の軍人五人がやってきました。彼らは、沙織と沢庵を無視し、謝意の気持ちもなしに、尊大な態度で、死体をまたぎまたぎします。その後ろ姿を沢庵は眺めて、沙織に言いました。

「えらそうに。なんたる態度」

「ごめんなさい」

「はあ。貴女が、詫びることはありませぬよ」

「あたくしではございませんわ」

仏教婦人の女性たちが、スカートをめくり、またいでごめんなさいと言いながら、またいで歩くのを、沢庵と沙織は見ます。

「ふーん。あの方がたは、みんな華族の令嬢だけに、しとやかで上品な方がたですなあ」

「はい」

沢庵は沙織に向き直り、目の前に転がっている子供たちの死体に念仏をとなえました。

自分の仕事を再開した沢庵を見て、沙織も、教師の立場を思い直しました。

「あたくしも、東の広場へまいらねば」

沢庵は、沙織の前にごろごろしている子供たちに供養の念仏を熱心につづけています。

「あの、お坊さま」と沙織は控えめな声をかけて、前にのびている琴恵の死体を見ました。

「この子供たちをまたぎますよ」

沢庵は供養はやめずとも頷いてくれました。

「失礼いたします」と沙織は、フレアスカートをめくり上げました。そして、ごめんなさいと言いながら、またいで通りました。俯せの少女もまたごうとしたときに沙織はどきりとして、頬を染めました。念仏をとなえる沢庵の視線に気づいたからでした。沙織のめくれて露わになっている太股に熱狂的な眼差しをさしむけているのです。

「まあ。お坊さま」と沙織は呆気にとられながらスカートをおろしました。

「どうかしたかな」と沢庵はそう言って、首をひねりました。でも赤面は隠せません。

態度ではとぼける沢庵に沙織は苛立ちを覚えました。険しい表情になります。

「いまさら、子供たちをまたぐことになんのためらいがあるのですか」

「ためらいですって」沙織は冷ややかな目で、俯せにのびている少女を見ながら、話します。

「あたくし、この亡くなった子供たちを、もう何回も何回もまたぎましたわよ。でも平気ですの。立場上、躊躇などいたしませんわ。生きてる子供たちの身を案ずれば」

沙織は努めてなるべくやわらかに話していました。沢庵をさけようと右に脚の位置を変えようとしました。ところが死体が鮨詰めで足の踏み場がなく、左のほうはといえば、死体が折り重なっている有様です。

「そりゃあそうですなあ」

二人がそんなくだらない話をしていると、仏教婦人会の女性がやってきました。その人は、二十歳前の娘さんでした。そんな女の子は、三人も折り重なった死体の山を前にし、乙女の恥じらいを見せても、すぐに凛とした表情をして、さらに大胆なまでスカートをめくり上げました。形のいい脚が露わとなり、一瞬白い下着もちらりと。

それに沢庵は、おうと叫びました。

女の子が、ごめんなさいとまたいで越えるのを沙織は見て、まあ、ところもち眉をひそめます。沙織としては、折り重なった死体の山はなるべくなら避けたい気持ちでしたので、拝見すると、やっぱり、良家の子女としては、ずいぶん大胆な行為にとれたのです。

まあ、といった沙織の表情を女の子は、気に留めた様子で足をとめました。

「失礼なところをお見せしました。でも通れませんもの」

沙織がどかないと、仕方がありませんが。

「三人も重なってる上を。男の方みたいに」

「ははは。男も女も関係ありませんよ。こう鮨詰めでは、一人またぐのも、二人や三人もまたぐのも、もはや誰だって」

「はあ。たしかに場合が場合だけにですわね」

「もはや、こんなの当り前の行為。そんなの割り切れなければ」

でも三人も折り重なっている上を、はしたないまで、股を開いて、とは沙織は思いましたが、沢庵の言葉には共感はできます。でも、沢庵の坊主という聖職者らしからぬ目に腹を立てる気持ちはコントロールできません。

「あの、お坊さま。どいて頂けませんこと」

「えっ」

「あたくしにもお仕事がございますの。いつまでも、こんなところで佇んでいるわけにはまいりませんわ」俯せの少女の死体を、沙織は見て冷たく言います。「あたくしがこの生徒を、またいではいけませんかしら」

「えっ。はあ」しりぞく沢庵の目の色が又、雄の本能を示します。

沙織は嫌悪感をかくせません。スカートをめくり上げて、「死体の供養をお願いいたします」と冷たく言いながら、またいで行きます。沢庵のいやらしい視線に立腹していた沙織は、子供たちの死体にまで苛立ちを覚え、「もう、邪魔なのよ、あなた達は」と、急いでまたぎまたぎしました。その心は、すけべ坊主から一刻も早く離れたかったのです。

でも立ち止まり、反省しました。やっぱり死体は、そっとまたぐのが常識なのです。

西の4通路から6通路にかけても、死体は、ごろごろしています。6通路へ来たときに、沙織は少し異様な地獄をみた思いで、足をとめました。

「まあ。なんということ」

日乃平民小学校の児童たちには、当然、父母がいます。だから子供たちが弾に倒れれば、その人たちが、この場にかけつけてきます。

母親らしい人たちが多いわけですが、女性でありながら、誰しもが転がっている子供たちを、ぼうきれのようにしか思っていない態度がありありなのに沙織は呆れました。

わが子の死体をみつけて、その場に蹲り、号泣する母親が増えていきます。泣き叫ぶお母さんたちは、ぼうきれのようにまたがれるだけのわが子に堪らぬ気持ちから、又は怒りの矛先を転化して、悲しみをまぎらわせたい気持ちもあり、

「あんた。うちの子を平気で、またがないでちょうだい」とわめくのです。

「何よ。じゃあ踏んでもよかったの」

怒る母親はまだわが子の亡骸をみつけられずにいて、わが子が生きているかもの希望があるのです。だからわが子の死に狂乱しているお母さんは、それをやっかんでもいました。みるみるうちに、いがみあいに火がつきはじめる様相を呈する一方となるのです。

その上で沙織は、ぎょっとしました。

罵倒と狂乱のるつぼの通路に、仏教婦人会の女性たちが、向こうから来たのでした。その人たちの先頭に立っている、この世のものではないまでに美しい貴婦人は、仏教婦人会の会長をしている姫さまではありませんか。

沙織が西の通路を通るのはこの道を通らなければ東の広場へ行けないからですが、姫さまは供養の仕事が残っているからでしょうか。

「よりによって、あのお方が、こんなひどいところに」と沙織は呟きました。

姫さまも、これでは前に進めない局面なのは、沙織と同様でしょう。

「困りましたわねえ」と姫さまは率直な言葉を口にしました。

平民の母親たちが、わが子可愛さに狂乱し、怒り、いがみあっているこの場をきりぬける余地が

ないのでした。

母たちはわめきます。死んだら仏よ、ぼうではないのよ、またがないで。じゃあどうやって通ればいいのさ。こっちまたげば。うちの子は絶対またいじゃだめとの声に、泣き伏していた母が、何よ、あんただってあたしの子をまたいだじゃないの、と大喧嘩です。

姫さまはそっと歩き、侍女もつづきます。

子供たちの死体が、すぐに前を塞ぎます。

「姫さま」と侍女が不安げな声をかけます。

「貴女がた、まいりましょ」姫さまは努めて落ちついた様子です。

姫さまは、目の前にのびている子供の死体を見て、スカートをめくり上げました。

そっとまたいで通り、二人も折り重なった子供たちの死体もまたぎ、目を剥いた子供の死んだ顔の上もまたいで行きます。姫さまにまたがれたみじめな子供たちを、侍女たちもまたぎました。でも、わが子の死体を前にして、座り込む母親たちは眦を吊り上げて、反感の目で姫さまたちを睨みはじめました。

殺気だった狂気の群衆のなかで、姫さまは、しっとりとした微笑をうかべて、

「貴女がたのご心中はお察しいたします。でもどうか、おちついてください」とやわらかに言いながら、子供たちの死体をひとりひとりまたいで通り、脚をとめて、スカートをおろしました。

「なによ、あんた達は」と母親たちはわめきましたが、すぐに絶句します。狂気の騒音が瞬時おさ

まりました。目前にいる貴婦人が、まさか陛下の皇女とまでは、平民の彼女たちが知るよしもありません。ただ姫さまの高貴な香りには誰もが、けおされたのです。物腰は控えめでも、高貴な身分の子女の威厳が自然に備わっている姫さまに圧倒された平民たちは静まり返りました。この地獄の場には、はなはだ場違いな貴婦人です。そして今、姫さまの心もちつりあがった目は、妖しい光をたたえて、死体や母親たちをみつめているのです。

姫さまと座り込んでいる母親にはさまれた形で、この母親の子供らしき死体がのびています。その死体を見て、侍女のまこは、ああと嘆息しました。姫さまにまたぎ殺された、あの新吉という子供ですから、何ともいえぬ心境になります。ただ姫さまが、またぎ殺したことは、まこの胸にしまっておきさえすれば、なんの問題にもならないはずですが。

新吉の死体の前に座り込んでいる母親の傍らには父親らしき人が佇んでいました。

でも、姫さまは、失礼いたします、と言ってスカートをめくり上げたのでした。純白のパンティが露わとなり、それが母親と父親の目を射ました。なんと父親の方はこんなときにも雄の本能をかくせずに思わず、おうと叫びました。凝視しはじめるそんな夫と違い、妻は反感をぶり返します。

「何よ。あたしの大事な子供をまたぐつもり。だめよ。いくら貴女が身分の高い人だろうと、仏となった新吉をまたがせてなるものですか」

姫さまは、ため息をつきました。それでも、スカートはめくったままです。

「わたくしが、またいではいけませんの」

「だめ」母親は夫の目のやり場に気づくと、さらに憤激し、

「いつまでスカートをめくっているの。早くおろして脚をかくせば！」

「おろしません。めくらねば、またげませんもの」

他は足の踏み場がなく、新吉の上しか通れないのです。

「意地でも、新吉をまたがせないわ」

「でも、わたくし、もうすでにこの子を何回もまたぎました。この場所で亡くなっている子供たちはひとりひとり、みんなまたいで通りました」と姫さまは申し述べました。

「何ですって！」母親たちはみんな気色ばみました。場は騒然としました。

姫さまは平然とした物腰です。

「わたくしは仏教婦人ですから、この場所で亡くなった子供たちはみんなひとりひとり、またいで供養いたしました」

「またいで供養しただと！」

「うちの子もまたいだの！」と母親たちは口々に非難の声をあげます。彼女たちはわが子を捜すため以外のことで、そんな行為をする人間には、なおさらの反感を覚えるのでした。

「まあまあ、みなさん」まこがみるにみかねて姫さまをフォローします。

「仕方がないでしょう。またがないで、この子たちをどのようにして通ればいいというのですか」

まこの言葉にも父母たちはおさまりません。

「姫さま」と群衆の反感の勢いに姫さまの背後に佇むまこたち侍女は弱気になりました。

でも姫さまは、あいも変わらず、死人をまたぎますよ、といった意思表示をつづけたままです。すなわち、大胆にパンティが露わになるまでスカートをめくり上げたままでした。

それでもその貴婦人の威厳に、庶民は怒りながらも、やっぱり圧迫されてはいました。

どうなるのか、と沙織は、はらはらの心境で見ているだけでした。そんな沙織のそばに、いつのまにか、九条がやって来ていました。

「なんたることだ」

「九条さん」

「姫さまは、衆愚どもの目の前で、あんなにスカートをめくり、下着まで露わにさせているままだ。こんなことはあってはならない。陛下の皇女ともあろうお方が、平民の衆愚たちにスカートのなかみまで見せるなど」

「左様でございますわね」沙織も同感でした。

血まみれの子供たちの死体にさわらないようにスカートを持ち上げるのは当たり前にしても、何も下着が露わになるまでめくるなど。

仲裁のために九条は近づきます。沙織も九条の後からついて行きます。九条は、親たちにまくしたてます。

「貴女たちは、何をそんなとるにたらぬことで目くじらたてて怒っているんですか。いや貴方たちとてこの事態では、なんでもないということは、頭では判ってる。ただわが子を亡くした堪らぬ気持ちから、どうでもいいことに腹を立て、怒りをぶつけることで、悲しみをまぎらわせようとする一心なのは、わかります」

九条の言うことは大当たりでしたから、一同の者は、沈黙しました。

九条は、姫さまがスカートをめくったままでいるのを見向くと、見るに見かねる心境でわめきました。「貴女たちはいつまで、このお方にスカートをめくったままにさせておくつもりなのか。このお方をどなたと心得る」

「あの」と自分の身分など、ひけらかせるつもりは毛頭なしの、姫さまは口を挟みます。

しかし九条は語勢を激しくしてつづけます。

「このお方は、おそれおおくも帝の皇女、末の方さまなるぞ」

水戸黄門のように印籠がなくとも、親たちも雑誌の写真とかで、姫さまの美貌は見たことはあります。全員がぎくりとした面持ちとなり、卑屈な態度に変じてしまいました。

これはそうとはつゆほども知らずにとんだ無礼を、と庶民は口々にそう言い合いました。

「この惨劇の場は、許可なしでは立ち入り禁止ですぞ。平民の人ならば最初から立ち入りは禁じられております。子供の生か死かは後で沙汰があります。だから今は、貴女たちは、この場から立ち去るのです。立ち去らねば、お上のお裁きをうけるはめとなります」

親たちは、九条のこけおどしにひきさがり、いっせいに立ち去ったのです。みんな腰抜けだったともいえますが、あらがえようもない権力のまえでは、庶民はかたなしなのでした。

一転静まり返ったなかで、九条と沙織。そして姫さまとその侍女ふたりが残りました。

沙織は、姫さまの高貴な香りと共に備わっている温かさに満ちた雰囲気に、敬愛の感情を覚えていました。

姫さまは依然として、フレアスカートをめくったままです。やがて、目の前にのびている新吉という子供の死体を、憐れみの目で見ながら、またいで通りました。それから微笑をうかべて、

「ありがとうございます。わたくしもどうしたらよいのやらと困惑しておりましたの」

と九条にお礼の言葉をかけました。

「いやあ」九条と沙織の前には、腸が飛び出た少女がのびているのです。それをみつめると、沙織は尻込みしました。

でも姫さまは平気な表情でした。依然として彼女は大胆なまでに裾をめくっています。

九条と沙織は顔を見合わせて、沙織が姫さまに言いました。

「姫さま。お気づきにはなられないと思えるので、ご注意いたしますが。あの、スカートのなかみが丸見えですよ」

沙織の忠告に、姫さまは、くすりと笑いました。

「こんな事態ですもの。わたくし、パンツ見せることくらい平気ですの」

さらりとそんなことを言った姫さまに二人は驚きました。陛下の皇女が、そんな。

姫さまは沙織をみつめて言いました。「貴女は日乃平民小学校の女の先生ですか」

「はい。この通路も、まだ息のある子供が、何人かおりましたけれども」

姫さまは吐息をついて言いました。

「この辺りの子供たちは、みな死にました」

「左様でございますわね」

姫さまは、やっと持ち上げていたスカートをおろしました。

「それにしても、この子供たちをいつまでこのままにしておくつもりなのかしら」と姫さまのしとやかさのなかに、一瞬憤りの色が見えたのでした。

「処置していただかねば」

「検視の一行が来るのが遅れてますね。いま、この関東はパニック状態です」と九条が言いました。

「死体を片づけることは、軍と警察のかたがたのお仕事です。あたくしどもでは、催促できぬことですわ」と沙織も喋りました。

姫さまは眉をひそめて、

「ですが、こんなにたくさんの死体をいつまでも、このままにしておくわけにはまいりませんわ。わたくしは、なるべく早く亡くなった子供たちを、死体を片づけていただけるように、軍や警察のかたがたにかけあいます」

語気を荒げた姫さまを、沙織と九条は意外に思えていました。おやさしい姫さまが、こんな怒ったような様子をみせたからです。

沙織は圧迫されて口調を弱くして言いました。

「左様でございますわね。この子供たちが、踏まれたりすれば、かわいそうですもの」

姫さまは感情を抑制して又、つね日頃のしとやかな物腰に戻り、美しい微笑を見せました。そして、腸が飛び出ている少女の死体をみつめて、

「失礼いたします」と言ってスカートをめくり上げました。また真っ白なパンティがフルオープンとなります。

沙織と九条はどきりとして、しりぞきました。九条の顔は真っ赤になっています。

姫さまは微笑んで、よいしょと言いながら、またいで行きます。姫さまにゆっくりまたがれた少女の死体を、二人の侍女もスカートをめくって、そろそろとまたぎます。

沙織は、立ち去った姫さまたちに首をかしげて呟きました。

「よいしょ、ですって」

「それは言葉の粗相だよ。先生だって思わず、そうこぼすかもしれませんよ」

「そうかもしれませんが」

「でも、パンツ見せるのが、平気とはね」

「はあ。でもおおらかで、とても敬愛できるお姫さまと思えますわ」

九条は、姫さまたちにまたがれた少女の死体を平気でまたぎ越しました。

沙織は躊躇しました。腸が飛び出ているのです。とても平気ではいられません。でもあたりは死体が折り重なり、鮨詰めなのです。なるべくなら重なった死体はさけたい気持ち。

九条は沙織に向き合い、沙織の前にのびている腸の飛び出た少女を見ました。心配そうに沙織を見て、

「手をおかししましょうか」

九条のさしだされた手に、沙織は胸の鼓動が早まるのを感じました。手を握ってもらいたいという気持ちが強くあるのに驚き、戸惑っていました。結構です、と言って、スカートをめくり上げました。フリルのパンティがちらっと見えて、すぐに隠れます。九条の視線に気づいた沙織の頬は、ぽっと染まりました。腸が飛び出た少女の死体にさわらないようにという気持ちが強かったので、つい余計にめくってしまったのです。

九条はスカートのなかを見てしまったので、赤い顔をしていました。それでも、

「先生、大丈夫ですか」

「はい」沙織は注意を払いながら、またいで通りました。そして、微笑を見せて、スカートをおろしました。

「平気です。あたくしだって、死体をまたぐのは、もう、なれておりますの。なんでもございませんわ」

「よかった。貴女の顔が青ざめていましたから、ちと心配しましたよ」九条は沙織に背をむけまし

た。それから、死体を無造作にまたぎまたぎします。それを見て沙織は、無造作にまたがれた子供たちは、まるでぼうきれみたいに扱われているように思えたものの、九条のそんな行為を、男らしいというようにも感じていました。そんな自分に驚きます。

沙織は、九条にどさっとがさつにまたがれた子供たちの死体に手を合わせました。そしてスカートをめくり上げて、ごめんなさいと言いながら、またいで歩きました。いちいち、ごめんなさいという声をかけて、ゆっくりまたぐものですから、九条に離されてしまいます。沙織は、待って、と叫びました。

九条はふりむきました。

「死体をまたぐのにしとやかな貴婦人は、やっぱりゆっくりまたぎますね。ゆっくりまたぐのとがさつにまたぐのと、なんの違いがあるのですか」

「違いますよ」と沙織は答えました。「これは、あたくしのなかで、違うと思いますわ」

「じゃあ、先生が、ごめんなさいと言うのは」

「子供といえども死ねば仏さまでしょう。亡くなられた仏さまをまたぐんですもの。ごめんなさいという言葉が。変ですか」

「いいえ。やさしいなあと思って。ただ、ごめんなさいと言っても、わからないでしょう。この子たちは、もう死んでいるんですから」

「左様でございますわね。この子供たちには、わかりませんわね。またがれたという意識もないわね。亡くなってるから」沙織は、九条の問いかけに丁寧な受け答えをしながら、またいで歩いていました。九条のそばにいくと、足をとめ、スカートをおろして、胸に手をやり、

「だけど、こっちの気持ちの問題かしら」

「こっちの気持ち、とは」

「またぐあたくしの気持ちの問題ですわ」

「なるほど、先生の自己満足ですね」

言われると、自己満足になるでしょう。


東の広場も、児童たちがるいるいとし、足の踏み場もないような有様です。沙織の受持ちの二年二組の子供たちが倒れているとすれば、この広場と思えます。広場には、護衛の兵隊たちやいろいろな人たちがいます。この広場で殺されている子供たちは、低学年の子ばかりです。あたくしの受持ちの子はどこに、と沙織はとりあえず、スカートをめくり上げました。転がっている子供たちの死んだ顔や名札を注意深く見ながら、またぐときの気持ちは、受持ちの子ではなくて良かったと、ほっとした思いです。秀一という子供も、死んでいました。三年生で一番の優等生でした。

沙織も、この子の将来を期待していたものです。もう死んでいるのだから関係ないわ、と沙織は心の中で冷たく言いながら、またいで行きました。三人も折り重なっている死体の山が、前をふさぎます。沙織はためらいました。それで人目を気にしていますと、同じ二年生の担任教師の音無先

生と西田先生がやってきました。見られるとなれば、頬が染まります。ですが、上品ぶっている場合ではないこのごに及んでもなお、お行儀なんかを気にする自分に腹を立てて、

「もう、まともに身動きができないわね」と怒ったような声をかけながら、またぎ越しました。沙織は、スカートはめくったままにしていました。いちいち、めくったり、おろしたりを繰り返すことはやめる考えで。

「あたくしの生徒は見かけませんでしたか」

「私たちも、いま来たばかりです」と答えた西田先生は、ほほほほと笑い声をたてました。

「なにが、おかしいのですか」

「だって、いまさらためらう大岡先生が変に思えて。亡くなった子供たちなど、私には、もはやぼうきれのようにしか思えないから」

「いけませんわ。仏さまをそんな」と沙織は咎めました。いまや西田も音無も、男たちと同様に、死体をぼうきれ扱いしたようなまたぎかたとなっています。ただ沙織とて、九条に、自己満足と言われたからではなくとも、この広場に入ってからというもの、受持ちの子供への思いもあって、謝意の心もなく、冷たい気持ちでまたいでいたことに気づきました。いけないわ、と沙織は自分を戒めました。

西田や音無と打ち合わせをしていると、先生、と子供たちの声がしました。沙織の受持ちの子供でした。全員で二十六名。その子たちは、沙織の方へかけよろうとしてきます。

「とまりなさい！」

いつもはしとやかな沙織の大声に子供たちは吃驚し、動きをとめました。

「先生」

「この子供たちは、仏さまだから、またいではいけませんよ」と沙織は注意の言葉をかけながら、またいで、子供たちのそばに行きます。

子供たちは、えっといった顔をしていました。仏さまをまたぎながらそんな注意をする沙織には説得力がなさすぎるのです。自分のことを棚にあげて、とみんな思っていました。

「あなた達。無事で何よりです。なんですか、そんな顔して。まあいいわ。他の子は」

「知りません」

「そう。先生は、あなた達の学友を捜しますから、あなた達は、ここでじっとしてるのよ」

「はーい」

沙織は、亡くなっている子供たちの顔を見て歩きます。目をさらのようにしていました。

音無先生の生徒が十八名も倒れています。

「音無先生。四組の子供たちが」と沙織は知らせました。音無先生は近くにいました。彼女は死体の間をぬいながら、そばにやってきました。「あなた達」音無先生は悲痛な声をたてると、泣き崩れました。

悲嘆にくれる音無先生の気持ちは、わかります。受持ちの子は自分の子供も同然ですから。沙織

は音無の肩を抱き、

「音無先生、お気をたしかに」となだめます。

「多くの生徒を亡くし、私たちは」

音無先生は沙織に支えられて、やっと立ち上がれました。

「もう平気です。ご心配なく」

音無先生は、他の子は、と受持ちの子供たちの死体をまたぎ越して、立ち去りました。

そのときに、おい、沙織という声が前から、かかります。沙織の元夫の山井でした。彼は、投げやりな足取りで、死体をわざとのように踏みつけるのでした。

「酔ってるの貴方は、子供たちを踏まないであげてください」と沙織は、出しぬけの山井の出没に顔色ひとつ変えず、教師らしい職務的な口調で、たしなめました。

「踏むなと言われても、こうがきどもの屍がるいるいとしているんじゃあな」山井には、ほんとに酒を飲んでいる様子が知れました。

音無先生の受持ちの子供たちの死体を、山井は、踏んづけます。

「おやめなさい」沙織はスカートをめくり上げました。

「おう」と山井はわめき、沙織のめくれて露わとなった太股を凝視して喋ります。

「死体を前にすると、淑女は必ず、スカートをめくるものだ。それは見飽きたよ」

「まあ。いやらしいわね」と沙織は冷たく言いながら、またいで通ります。一人目、二人目までの死体は、そっとまたぎましたが、山井が、いまにも踏んづけてきそうなので、急いでぽんぽん、とまたぎ、山井に迫ると、すぐにスカートをおろして、脚をかくしました。

「なんのご用ですの」

「きまってるじゃないか」山井はここで、しらふの表面になりました。

「いま君が、他人の子供をまたいでるあいだにも、さりとゆりが、危険にさらされているんだぞ。母として、君はわが子を後回しにして平気なのか」

「それは」一転、沙織は弱気の表情をします。

「母として、後回しにするのは、他人の子のほうだとは思わんのか」

「貴方」沙織は、山井をきっと睨んで言葉を強くしました。

「あたくしの立場を少しは思慮してくださいませ。今のこんな有様を考えて。もう他人の子も自分の子もないでしょう」

教師の威厳からの言葉に山井はひるみました。

「そりゃあそうだけど。さりとゆりのことは」

沙織とは別れても、娘たちは血をわけた山井の子供なのです。

「今のこの関東では、いつ中国ゲリラや賊軍が、どこで、さりたちを襲うやもしれないと、ご心配なのね。でもあの子たちのことならば、叔父上にお頼みしておりますわ」

「それがなあ、人に聞いた話によると、ふたりは何故かこんな修羅場にまぎれこんだというのだ」

「えっ」沙織はどきりとしました。みるみるうちに蒼白となり、取り乱します。

「そんな」

「俺は、わが子を捜しにここに来た」

「あたくしも、職務をまっとうしながら、さりとゆりの安否を確かめます」

「そうしてくれ。じゃあな」

山井が去った後、沙織は娘たちの身を案じ、胸がはりさけそうになっていました。これまでは二人の娘は見当たりませんでした。しかしこの広場ではどうなのか。どうしてさりとゆりは、こんなところに。山井はそれは人から聞いた話と言いました。そんな話はどうかでたらめであってほしいと心底から願います。

それから受持ちの子供たちの安否のことは、後回しにしたい心境にもなります。いくら受持ちの子が自分の子供も同然といっても、やはり、お腹を痛めたわが子とは、かわいさが違います。

四歳くらいの幼女がるいるいとした死体の間をぬっているのが見えました。遠目でも、ひと目で、その子が、さりだとわかりました。

「さり」沙織は安堵しました。

「母上さま」とさりも、母を見定めます。

沙織は急いで、そばに行きました。

「さり、どうしてこんなところに」

抱きしめられたさりは言いました。

「だって、母上やゆりのことが、心配だから」

「ゆりのことは、わからないのね」

音無先生と西田先生が向こうからやってきました。

「貴女の受持ちの子供が二十名ほど、倒れております」

「何ですって」

「そればかりか」音無先生が、実に言いずらそうに目を伏せて、「貴女の娘さんが」

「ゆりが！　ゆりも倒れてるの」沙織は目がくらみました。卒倒しそうになります。

「大岡先生。しっかりなさいませ」


音無先生たちに案内されて、沙織は、痛恨の場に呆然と佇むばかりでした。沙織の生徒が二十名も、ごろごろ転がり、そのむこうに、ゆりが倒れています。山井が、ゆりの傍らに跪き、男泣きしていました。さりが、父上、ゆりと叫び、死体をぴょんぴょん飛び越えて行きました。

佇む沙織は、教師と母親の立場にはさまれていました。やがて「あなた達、しっかりして」と受持ちの子供たちを見ます。どの子も息絶えています。ひとりひとり、身をかがめて、息のある子供はいないか確認します。

山井が沙織に近づきました。

「君は、なにをしているんだ。ゆりが死んだんだぞ」

沙織はしゃがみこみました。スカートの裾が死体にふれます。

「この子たちも死んだわ」

「君はそれでも母親か」山井は怒鳴りました。

「母ならば、こんな他人の子など飛び越え飛び越えし、わが子に近づくものだろう」

「この子たちは、あたくしの生徒よ。父兄から、あずかった子供たちです」

沙織の立場など考えずに親バカむきだしに責め立ててくる山井を、沙織は無視して、倒れた二年二組の子供たち二十名の死亡を確認しました。二十名もの教え子を。立ち上がり、ゆりの死体を見て、沙織の身は激しい憤慨にふるえました。多くの生徒を亡くした上で、わが子まで。でも、思いのたけ泣きたいのに、なぜ泣けないのか。狂ったように叫びたいのに、一度もわめけないのは不思議です。

沙織はやっと、ゆりのそばに行きました。双子の妹の死にさりが、泣き続けています。

「ゆりはもう生き返りはしない」山井は狂ったようにわめいています。沙織を睨み、

「沙織、お前のせいだ。おい、沙織。どこに行くんだ。母ならば、いつまでもゆりのそばにいろよ。どこに行く。それでも、母親か」

沙織は、ゆりの死体に背をむけて離れます。

受持ちの子供たちの死体を前にして、スカートをめくり上げます。またいで通りながら、心の中

で、この子たちやゆりのそばにいつまでもいてあげたいと思います。けれども沙織には教師として、生きている子供たちの世話をする仕事が残っていました。仏となってしまった子はどうしてやりようもないし、職務をまっとうすることにより、いまの気持ちをまぎらわせようとしているのでした。

　生き残った二年二組の子供たちが、るいるいとしている死体を意味もなく、ぴょんぴょんまたぎまたぎしているのを、沙織は見て、怖い顔をしました。もう、と無造作にスカートをめくり、ぽんぽんと死体をまたぎ、二人や三人も折り重なっているのも、がさつにまたぎ越します。「あなた達。なにを罰当たりなことをしてるの。先生の前に整列なさい！」

　いつもはしとやかな先生の金切り声に子供たちは圧迫されて、さっと沙織の前に整列しました。みんなびくびくした顔をして、沙織を窺っていました。

　沙織は激しい言葉で叱りつけます。

「この子供たちは仏さまだから、またいではいけないと、さっき注意したはずですよ。亡くなった子供たちのひとりひとりには、ご遺族のかたがおられます。そのかたがたが、お怒りになるわ」

　子供たちは反抗的な表情になりました。

「なによ。先生だって、何回も何回も、平気でまたいでるくせに」

「平気ではありません」沙織は叫ぶように言いました。

「でもね。こんな場合は、先生としての立場上、死んだ子供たちは、どの子もみんな、またぐのが、先生のお仕事です」

「お仕事」

「先生が、またがなければ、教師の役目は、はたせないでしょう。あなた達にも役目はあります。生徒の立場をわきまえ、邪魔にならないようにじっとしてることが、あなた達、子供の最低限の役目です。わかりましたか」

初めて耳に入れる沙織のとげとげしい口調に子供たちはすねました。

「でも、何だか居ても立ってもいられない。家に帰りたいよう」

「命令には従うしかないでしょ。それに今となってはこんなところが安全なのよ」

沙織は、死人が少ない所を見て、

「さあ、あなた達は、あそこにいるの。行きなさい。さあ急いで」

子供たちは回れ右をしました。でも、足は動かしません。

「なによ。歩きなさい。早く」沙織はいっそう激しい語気で叱ります。

「どうして歩かないの。先生の言うことをきかない子は、ぶちますよ」

「だって、先生」少女がふりかえりました。

「死体がごろごろしていて前に行けません」

「またいで行けばいいでしょう」

沙織の言葉に子供たちはいじけた顔をして、

「死んだ子は仏さまだからまたいではいけないと、さっき先生はそう言ったじゃないの」

「理由があれば誰だって、またいでもいいのよ。あなた達が無意味にまたぐから、叱ったまでです。さあ、ぐずぐずしないで」沙織は、相手が子供であることも忘れて、あらっぽく、子供たちの背をどんと叩いて、おしました。

「あたくし、子供たちに、やつあたりをしておりましたの。子供たちの傷ついた心をケアしなければならない立場のあたくしが。お恥ずかしいお話ですわ」

「貴女らしくはありませんが。貴女の今の心中察すると、どうしようもない怒りを何かにぶつけて、まぎらわせようとするその気持ちは二年生の子供でもわかってくれると思います」

九条は、傷心の沙織を持ち前のやさしさで、癒そうとしていました。

「あたくしの目からは、どうして涙が」

「責任の重さと喪失が大きすぎて、もはや一滴の涙もでるまくなしなのです」

ここで、広場の雰囲気が一変しはじめます。

「姫さまのおなりだ」立っている人が叫びました。場がざわめきました。

姫さまが現れたのでした。立っている人たちは、姫さまにふかぶかと頭をさげます。

姫さまは侍女を従えず、代わりにあのすけべ坊主の沢庵が後ろにいました。その沢庵は、まだ頭をさげようとしない人たちに、このお方は陛下の皇女なるぞ、と言い含めています。

「先生」と沙織の生徒二十六名が、ただならぬ雰囲気にびっくりして、沙織のそばに集まりました。

「先生、えらい人なの」

「大丈夫。姫さまは、おやさしいお方です」

姫さまは、沙織たちを見定めると、美しい微笑を見せて、大胆に、スカートをめくり上げました。そして、無残に撃ち殺されて散らばる子供たちの死体を、ひとりひとり、またいで通ります。三人も折り重なっている子供たちの死体の山も、よいしょと言って、またいでこえます。

「姫さま」と沙織は、おもてをあげました。

姫さまがスカートをめくり、可憐に微笑んで、血で染まった子供たちの死体をまたぐという、そんな行為で、陰惨なこの場の雰囲気が一転して華やかに明るくなるとは不思議です。夢でもみているような気持ちになります。

「先生、またお会いできましたわね。この広場で亡くなっている子供たちは、みんなひとりひとりまたいで供養いたしました」姫さまはそう喋り、沙織たちに近づくと、微笑を消して、沈痛な表情になります。「子供たちを、またいでごめんなさい（沙織にそう詫びながら、姫さまは、少女の死体をまたいで通ります）」

「はあ」沙織はこの姫さまにも、少しはまたぐのを気にする心持ちがあるのを知りました。

それより、これだけの仏をいちいち供養するのは大変だっただろう、とは思いました。

「お話いたしたいことがございますの」と姫さまは沙織にそう言ったのですが、沙織ではなく、九条に向き合う形となっていました。

「ぼくたちに」と九条は言いました。

「はい」姫さまの目の前には、子供の死体がのびていました。でも彼女は脚を止めています。むろんスカートはめくったままでした。

またパンティがちらっと見えているのです。

子供たちは目を丸めて姫さまの太股をみつめます。けっしてえっちな気持ちはなくとも。

「あなた達、目をそむけなさい」

と沙織が叱りました。

「あの、わたくしが、またいでもよろしゅうございますか」と姫さまは可憐に頬を染めて、九条をみつめます。九条がずっと太股に視線を注いでいるから、恥じらいます。耽溺の淵に嵌り、何も聞こえない様子の九条のために、少しだけ声を大きくして、

「わたくしが、この死体をまたいでいいかしら」

「ああ。申し訳ありません」九条は、姫さまが、子供の死体を挟んだままで佇んでいるのは、自分がぼさっと突っ立っているせいで、足の踏み場がないからということに、ようやく気づいて退きました。

「どうぞ、姫さま」

「失礼いたします」と姫さまは、そう言いながら、またいで通りました。それからスカートをおろしました。美しい微笑を見せて喋ります。

「ほんとはいけないことですが、死体の供養はすませておりますから、またいでも大丈夫ですの」

子供たちは、ただ美しいだけではなく、やさしい微笑をうかべた姫さまを見ているだけで、傷心が癒されていくのを感じていました。

沙織たちは、姫さまの話を伺いました。

「すると、貴女さまのかけあいに、あの田淵中将がおれて、後回しにされるところだった死体の収容を、一転急がせるようにした、と」

九条は驚きます。あの頑迷な田淵がおれるとは。もっとも相手が、この陛下の皇女だと、その威厳には、さからえませんが。

「はい。まもなく警察と鑑識のかたが、お見えになられるでしょう」

「姫さま」沙織はまたふかぶかと頭をさげました。

「貴女さまの、かようなお心尽くしを、なんとお礼を申してよいのやら」

姫さまは、元気のない沙織の様子を気遣います。

「先生、どうかなされましたか」

「はい」沙織は俯きました。

「あたくし、受持ちの子供を、二十名も亡くしました」

「それだけではありません」九条が言い立てます。

「沙織さんは、実の娘さんまでも亡くしたのです」

「まあ、わが子まで」姫さまは絶句しました。

沙織の心中を察すると、もはや何も言うことはなくなるでしょう。しばらくして、呟くような声で、

「すると、この広場で、あちらに亡くなられていらっしゃる女の子が貴女の」

沙織たちがいるところから距離をおいたところにゆりの死体があり、悲しむ山井やさりの姿が遠目から見えます。みんな平民服を着ている子供たちの中で、ただひとり、ゆりは士族の服を着ているので、姫さまには、その子こそが沙織の娘とすぐに判断がつきました。

「あの子が、ご愁傷さまです。丁重に、ご供養はいたしましたが」

「ありがとうございます」

「いえ。お礼など」

重い沈黙がしばらく続いた後、姫さまが重大な話をきりだします。

「この忌まわしい児童襲撃事件を犯した一味が、軍によって一網打尽にされました」

九条が興奮すらみせて言いました。

「中国ゲリラが討伐されたんですね」

「中国ゲリラではなく、日本人でした」

「そんな」九条は驚愕しました。

「では逆賊が。でも賊が多数の児童を大虐殺したとして、なんになるというのです」

「わたくしにもわかりませぬ」姫さまは首をふりました。

「ただ、軍の賊討伐による死傷者は軍にも賊にも、ひとりもなしです」

「はあ。どういうことですか。戦いに死傷者が、ただのひとりもでなかったというのは」

九条の疑問に、姫さまはたんたんと話しました。

「児童襲撃を犯した賊は、総勢三百名。白虎隊と名乗る軍団です。でも襲撃で弾薬は底をついた上で、数千名もの政府軍に八方を包囲された形勢となれば、誰もが俄に怖じ気づき、白虎隊は三百名全員が、武器をすてて、白旗をふり、降参したのです」

「なんという腰抜けども。意気地がない」

沙織は言葉もなく、怒りに身をふるわせました。多数の幼い命を奪っていながら、白虎隊とやらは、みな己の命だけは惜しいのです。

「政府軍の兵士たちは、白虎隊は、たとえ降参してきても許せぬ気持ちでした。白虎隊へむけていた銃の引き金をひこうとする兵士も多かったのですが。白虎隊の顔をよく見ると、兵士の誰もが驚愕しました」姫さまは眉をひそめて、とぎらせました。

「なにに驚いたのです」

「白虎隊三百名は全員が十八歳未満の少年たちだったのに驚かされたのです」

「何ですって」沙織が目を吊り上げました。

姫さまは続けました。「誰もが、まだ十六か十七歳の少年たちの集団でした。その白虎隊は今、留置所で、私たちは、服部に騙されただけです、とか、自分たちはまだ十八歳未満だから、少年法が適用されて死刑にはなりませんよねと泣いて命乞いをしております」

「なるほどな」九条も怒りを表面にだしました。「十八歳未満の今なら、少年法に守られて、何をやっても少年院どまりという考えで」

九条の言葉は、沙織が恐れていることだったのです。ここで沙織はヒステリックにわめきました。

「そんなばかな。これが少年院どまりにされてたまりますか！」

沙織の形相と身悶えぶりに狂気すら垣間見た二年二組の子供たちは、みな怯えた顔をいっせいに沙織にむけました。

「彼らの罪はあまりにも深すぎます。ご覧になってくださいませ、この有様を」沙織は激しく興奮し、広場のるいるいとした死体を指さして、おそれおおくも姫さまを睨んで大声でまくしたてます。

「これが白虎隊とやらのやった鬼畜の所業よ。あっちにもこっちにも、子供たちの無残な死体だらけ。おびただしい幼い命をその外道どもは情け容赦なしに奪った。そんな外道どもが、少年院どまりなど、あたくしは絶対に許しません。どの遺族も死刑以外は認めぬはず。白虎隊は全員、死刑しかありえません。ただ絞首刑にするのでは、あたくしにはまだ生ぬるいと思います。釜ゆでの刑にすべきです！」

沙織の様子に九条すらも怖気づきました。

「おちついてくださいませ」姫さまは動ずることもなく穏やかな物腰のまま、ハンカチで、飛んできた沙織のつばをぬぐいながら話します。

「貴女のそのお気持ちは当然です。案ずることはないと思いますよ。反逆罪までは、さしもの少年法も適用されませんよ」

　この姫さまの言葉で、沙織は安堵し、面を伏せます。

「あたくしとしたことが、取り乱しまして。ご無礼をお許しください」

　でも沙織の怒りはおさまりようもありません。賊軍の首領服部は、なぜ白虎隊に児童襲撃をやらせたのか。なんのために。白虎隊は、服部の命令でやったことだからというので、もしや少年法が。それが適用されるかどうかは、国家同意議会において審理されることになります。同意議会には、日乃平民小学校代表として伊地知校長や師団長の田淵中将、貴族院議員の九条らに特高警察の幹部、検事、そして弁護士といった面々が出席して審理を。弁護士以外の人は、反逆罪には少年法は適用されないという意見を肯定するはずです。でも、紅一点で、姫さまも仏教婦人会の会長として同意議会に出席するのです。沙織は疑心暗鬼に目を細めて、姫さまをみつめます。

「姫さま。白虎隊に少年法が適用されるか否かは議会で討議されて決まること。貴女さまも、議会に出席されるのでしょう。姫さまはおそれおおくも天子様の皇女です。その貴女さまのご発言が他の意見をねじふせる力がおありです。もし姫さまが、この非道にも少年法は、適用されるべきとの発言をなさると、その鶴の一声で白虎隊は少年院どまりとなります」

「まさか」姫さまは険しい表情をみせました。

「わたくしとて、多数の子供たちが虐殺された事態に、内心では激しい憤りに正気ではいられぬほどです。取り越し苦労はおやめなさい。約束します。わたくしは、議会において、白虎隊は死刑という発言をします」

「すると、お前達は児童襲撃の目的など知らないまま、服部の命令に従ったまで、と」

「はい」特高警察署の取調室の椅子に座っている白虎隊の少年は怯えた顔をして頷きました。

「信じてください。私たちは、相手が、まさか子供とは知らなかったんです。暗かったのと極度の緊張と無我夢中だったから、子供たちとは判らないまま、動いてる集団に発砲したんです。ほんとです」

「子供とは判らなかっただと」特高警察警部の矢野は、机をどんと叩きました。

「こんな嘘は、むりがありすぎるな。暗かっただと。昨夜は満月の明るい夜だったじゃないか」

「ほんとです」少年は叫びました。「それに、私はただの一人も殺していません。発砲しても弾は当たらなかった。児童の多くを殺したのは機関銃を持っていた野口や根本たちです」

「仲間になすりつけて、己だけは助かろうという腹か」矢野警部は蔑みの目で見ました。

「事実を申してるまでです」

白虎隊の少年たちは例外なく誰もが、この少年と同じような供述をして保身に必死なのでした。卑怯者の集団を相手にし、矢野はむかむかと憎悪を隠しきれません。

少年はわめきます。

「私には少年法がある。それなのにあんたはなにゆえ、死刑などと言って、私をおどすんですか」

「ふん。これほどの悪質な反逆罪に少年法が適用されるとは思えんね」矢野警部はあざ笑います。

「ま、せいぜい弁護士と作戦でもねるんだな。だがむだなあがきよ。きさまたち白虎隊は全員、死刑だ」

「ひやああ」情けない悲鳴をあげて、少年は失禁しました。


「関東戦争が、いまだ続いてるとは、これはどういうことだ」江戸城の報徳天皇は、天子室の窓で、喋りました。

「末、そなたはT市で、自らの天命をまっとうし、疲れているか」

「いいえ。疲れを忘れるほどの悲劇がございました。それに先程のお話もショックです。内戦の直前にあの聖火さまが、賊軍に襲撃されて、お亡くなりになられた、とは」ソファに座っている姫さまは、報徳天皇。つまり父の後ろ姿を見て、不安そうな表情になります。関東戦争の結果を心底案ずる父にはいつものオーラは失せ、老け込んだ印象がしたのです。

「父上さま、どうか取り越し苦労は、おやめ遊ばせ。第三軍が賊軍に負けるはずはございません」

「末」報徳天皇は、姫さまに向き直ります。

「そなたこそ、いまは戦争に将として参加している最中の夫の身を案じていよう」

「政宗さまならば大丈夫です。わたくしは、夫を信じております」

「だが、こんな内戦がこれほどの泥沼の戦いとなるとは。政宗どのには、一刻も早く、そなたのもとに帰ってもらいたいものだ」

報徳天皇と今は亡き皇后との間には皇子は生まれず、なぜか皇女の末ひとりしか、さずかりませんでした。そこでT市華族の三男の政宗をこの姫さまの婿養子にして、皇太子としたのです。しかし政宗は皇太子でありながら、軍人の道を選びました。もっとも皇太子だからこそ軍人とならねば、国民に対して示しがつかないゆえでもありますが。

報徳天皇の言ったとおり、姫さまは、妻として、夫の身を案じていました。それでもT市において、日乃平民小学校のあれほどの悲劇に直面して、そのショックがぬけきれずにいました。姫さまはいつも艶やかな微笑を見せて、内面のものをおくびにもださないものだから、傍目では、心配事やショックなどないものと取られるだけのことです。

姫さまは夫婦の寝室へ入ります。姫さまの侍女兼仏教婦人のまこが従い入りました。

皇女は、たとえ心を許した同性にでも安っぽく裸体を晒さないものですが、姫さまは、まこの目前で、大らかに衣装をぬぎました。

ブラジャーとパンティだけのはしたない姿となります。「まこさん。お願いね」と、姫さまは、脱いだ白いドレスをわたします。

ドレスを受け取った侍女のまこは眉をひそめます。スカートの裾が血で染まっているのでした。

「血が」とまこは呟きました。

「子供たちの血ね。しかたがないわ」

姫さまはため息まじりに言いました。

まこは、血で染まった死体だらけの惨状を思い起こし、ぶるりと身をふるわせている様子でした。

「姫さま、この衣装は捨てたほうがいいと思います」

「洗えばきれいになるわ。洗ってちょうだい」

「かしこまりました」まこは姫さまに頭をさげました。

「では、姫さま。失礼いたします」

まこが障子を閉めて、姫さまはひとりになり、着物に着替えました。どんなときにでも心にゆとりを持つというのが姫さまの生き方ですが、スカートについていた血を見て、いささか動じました し、それにより疲労が、どっと襲ってきたのでした。仏像を安置している台座の前に座り、合掌し、祈ります。み仏につかえる身の仏教婦人会の会長として毎日、数時間は、仏に祈りを捧げるのです。今日という日が特に熱心なのは当然でしょう。

やっと祈りが終わった直後、寝室の障子が開かれました。夫の政宗でした。陸軍中将の軍服を着た政宗は、憔悴していました。

「皇太子さま、お帰り遊ばせ」

「姫」と政宗は、そう呼びました。惰性で自分の妻を、姫と呼んでいるのです。

政宗の様子を姫さまは心配そうにみつめました。

「皇太子さま、大丈夫でございますか」

「ああ私のことなら心配ない。されど」政宗は重大な話をしたい表情になりましたが、首をふると、

「私のことより、そなたは、仏教婦人の会長として、地獄を見たようだな。子供たちの屍の山を供養して歩いたそうだね」

「はい。日乃平民小学校の児童の多くが、殺されたのです。もうお話にもなりません」

「解せぬ。いったい目的はなんだ。平民の児童を多数虐殺して、なんになるというのだ」

「その疑問の答えは、すぐには出ないと思います」姫さまはこの話は切り上げたい気持ちです。

「皇太子様、お疲れでしょう。もうお休みになられたほうがよろしゅうございます」

「私は寝る前に、切腹をしなければならない」

「えっ」姫さまは肩をすくめて、夫を眺めました。

「切腹を。まさか」

「そう。私が将として無能なために、難攻不落のＫ城が落ちた。わが軍は賊軍に惨敗した」

「……」

「この内戦の敗北によって、全国の不平士族が次々と逆賊と結託することになるだろう。このままだと逆賊は、政府を転覆させることができるほど勢力を拡大させる。それを招いた私は責任をとらねばならぬ」

「そんな。第三軍が賊軍に負けるなど。いったいどのような戦いだったのでございますか」

「そなたも、大道寺天魔という豪傑が、戦前に賊と結託したということは承知だろう」

「あのアジアの豪傑の名をほしいままにした大導寺天魔……」

「奴は豪傑どころじゃない。正真正銘の化物だ」政宗は眦を吊り上げました。眼球は充血しています。

「姫、信じられるか。天魔に銃弾をくさるほどあびせても、奴には、まったく効き目なしだ。奴は、不死身なんだ」

姫さまは絶句します。そんな人間は存在するはずがありません。

「奴の筋肉は鋼鉄の壁だった。機銃の弾丸など簡単に跳ね返す。パワーとスピードは想像を絶するほどだ。天魔ひとりにより、一万もの兵が全滅させられてしまった」

夫の話を聞いているうちに姫さまは、正気を疑う気持ちになっていました。政宗の話は信じられません。敗戦のために頭がおかしくなったのでは、と不安になりました。

「そんな目で俺を見るなよ。俺は正気だ。話は事実だ。天魔の化物そのものの強さに、わが軍は壊滅した。これは私の責任だ」

「貴方さまだけの責任ではございません」姫さまはとりあえず、政宗の正気を信じて、宥める口調で言いました。

「そんな宇宙人相手では誰が将であっても、結果は同じです」

「だが、戦場は味方の兵のるいるいたる屍の山。俺は己が死に導いた兵たちの死体を踏んづけなければならなかった」政宗は断腸の思いを表面にうかべます。

「そのときの俺の兵の屍を踏んづけて歩く気持ちは、そなたにもわかるな。そなたも俺と同様に、子供たちのるいるいとした死体の上を歩いただろうから」

「はい。でも、わたくしは、ひとりの子供も踏みませんでしたが」

「そうか。そりゃそうだな。まあ踏んだのは、ともかく、関東第三軍を壊滅させた責任はとらねばならん。いますぐ、切腹する」

「逆賊にも天魔にも、一矢もむくいることなしに、貴方さまは自決を。父上さまには」

「陛下には、関東戦争の結果を知らせた上で、自害のことも認めて頂いてる……おっと。陛下を責めてはならん。陛下は俺の自害を諫めてくださった。だが陛下の温情の言葉にも、俺は頑なにおれなかったまで」

たしかに政宗はやるといったら、絶対に誰にもとめられない男でした。姫さまは肩をすくめました。

「貴方さまのお気持ち察します。では、わたくしもご一緒させて頂きます」

「それはいかん！」と政宗は強い口調で言いました。

姫さまは切なく夫をみつめます。

「なぜでございますか」

「そなたには、することがいっぱいある。皇女としても、仏教婦人の会長としてもな。仏教婦人の仕事は何も、死人の供養だけではあるまい。仏教婦人としてのそなたに、任せたい天命がある。この話も聞いて驚くな」

政宗は、妻に任務を与えるための話をします。

聞いていると、また姫さまは夫の正気を疑う気持ちをぶりかえしました。人間ではなく、宇宙人としか思えぬ怪物の天魔のことを、まに受けるのは難しいし、いま夫が話していることも、どこまで信じてよいのやら。やっぱり夫は敗将となり、発狂してしまったのでは、と姫さまは背筋が寒くなるのを感じつつも、夫の話を聞きつづけていました。

日乃平民小学校の児童襲撃事件は、新聞では大きく扱われはしましたが、トップ記事にはなりませんでした。十月十日付のトップ記事は、もちろん政府転覆の序曲となることが、危惧される関東戦争でした。第三軍惨敗の記事に日本中が大騒ぎになりました。全国の不平士族を奮い立たせるのに十分の情報です。

でも女教師大岡沙織のトップは無論、忌まわしい児童襲撃事件です。それでも、トップ記事の関東戦争に無関心ではいられません。

賊討伐のために編成された第三軍の一万五千名もの軍勢が、賊軍に惨敗したのは何故なのか。

賊軍の総数はせいぜい三千名にしかすぎず、装備だって旧式の賊軍に、K城を攻略されるとは誰もが信じられぬ結果です。昨日まで、関東はパニック状態でした。K城を落とした賊軍は次には東京都におしよせてくる、と民衆は大騒ぎでした。政府は第三軍のまさかの敗北に色を失いながらも、賊軍の侵攻を食い止めるべく、K城へ向けて、関東軍を根こそぎ出兵させました。その総数は十万の大軍でした。この大軍でひとたまりもなく、K城を奪回し、賊軍を壊滅させることは赤子の手をひねるごとくのはず。しかし関東軍はそうはせず、K城の田原坂付近で動きをとめて、手をだささず、発砲することもなしに賊軍と、ただ睨み合いだけを延々と続けているのです。

これには誰もが解せないと首をひねる話です。

少数の賊軍に大軍が何の手出しもできないでいるのは、特別な理由があるとは、沙織も見当はつけられます。それでも沙織にはもどかしい話でした。賊軍に総攻撃を試みるべきだ。賊どもは全員やつざきにすべき、と教壇に立つ沙織の頭はそればっかりでした。黒板に、チョークで字を書こうとする手は、怒りにふるえていました。

「先生。どうしたんですか」二年二組の子供たちが不安な顔をして、沙織を気遣います。

「何でもありません」沙織は、机の子供たちの方をむきました。二十の机の上には花をいけた花瓶が置かれています。四十六名もいた二組の生徒が、いまでは二十六名にまで減っているのです。沙織の胸はしめつけられました。あんなに笑顔が似合っていた二十名の教え子は、もういないのです。あたくしはどこにいれば安らかな気持ちになれるのかしら。家に帰れば、もうゆりはいない。教室にいれば二十名もの教え子がいない。あたくしの心には大きな穴があいてるわ。この教室だけではなく、一年から六年まで、どの教室も多くの児童を失っていました。まだ沙織の生徒は生き残りが多いほうでした。日乃平民小学校は二千二百名のうち千七百名もの児童を亡くしたのです。朝礼で、めっきり少なくなった児童を見て、教師は悲嘆にくれるばかりでした。学校中が通夜となり、たまりません。

「では、三ページを読んでちょうだい」沙織は自分の声に力がないのがわかりました。ひとり残らず、やつざきにしたい賊。でも今は、目先のことを考え、襲撃者の白虎隊を恨みました。

今日、少年法を適用するかどうかの議会が行われます。適用されれば、白虎隊は少年院どまりとなります。もしそうなると、沙織の心は救われません。議会に出席する姫さまの夫、皇太子政宗は関東戦争の敗将となり、その責任をとり、自害したということは新聞で知りました。これで姫さまも心底から賊を恨んでいるはず。ただ姫さまは、仏につかえる仏教婦人なのです。その立場から、まさか。

いや。姫さまは、沙織と約束をしてくれたのです。白虎隊はみな死刑と。よもやあのお方が、女と女の約束をほごにするはずがないのです。


白虎隊の少年たちの反逆罪には少年法は適用されない、と田沼検事が口火をきったことから同意議会が始まりました。議会は討論にはなりませんでした。白虎隊の弁護士以外の男たちは皆、千七百名もの幼い命を奪った白虎隊は、全員を死刑にすることは当然と、いささか感情的にもなって、意見を一致させたのでした。旗色の悪い弁護士は喋ります。

「みなさまのお怒りは確かにごもっとも。しかしながら、少年たちは誰もが、心底から反省しております」

「反省などしてるものか」日乃平民小学校校長伊地知は怒鳴りました。そのため、自分の腹部の傷が疼きます。彼は多くの児童を亡くした責任をとろうと切腹自殺をはかったのです。一命はとりとめ、今は絶対安静なのに病院を抜け出して、この議会に参加しているのでした。「反省しているという演技を示さねば、死刑はまぬがれんぞ、ときさまが、外道どもにふくめたんだろう」

「いえ。そんなことは」校長の眼光の凄さに、たじたじとなりながら弁護士は首をふりました。

「誰に言われることなしに、少年たちは自発的に児童殺しを反省してるのです。そしてこの多数の児童虐殺の罪でありますが、彼らは命令され、己の意志を持たぬまま、やったのです。いわば彼らは逆賊の首領に利用されたにすぎません。その上、少年たちは、誰もが襲撃していた集団が、まさか小学生とは知らなかったのです。知らぬまま」

校長が物凄い剣幕で又、横槍を入れます。

「たわけ！　あの日の夜は満月の光や星光により、あんなに明るい夜だったじゃないか。子供か誰かの見分けがつかぬはずはないぞ！」

「叔父上」隣の席についている甥の九条が校長の容体を気遣います。「気持ちはわかりますが。そう興奮しては、傷口が開きますよ」

「開けばいい！」校長はわっと号泣しました。

「傷口が開いて、私なんぞ死ねばいいんだ。私は、ばかだった。大ばかだ。私は他の先生がたの反対を聞かずに、あの日夜間教練を児童全員に命じた。そのせいで子供たちを死なせてしまった。わしが子供たちを殺したんだ」

泣きわめく校長を、九条は気の毒そうに眺めました。これが、あの冷静沈着な叔父上なのか。でも無理ありません。多くの児童を死なせた十字架を背負ったのです。議会参加者十六名の男たちは弁護士をのぞけば、誰もが伊地知に心から同情していました。それにひきかえ、と九条は、中央の席の姫さまを不思議そうに見ました。この場の男たちが感情的になっている中で、ひとり落ちつきはらっている姫さまを、異端視せざるをえぬ心情になります。彼女は未亡人となって間もないのに怒りもなく、いつもの姫さまなのでした。

「校長殿。あんまり騒がしくされると、貴方には退席を願いますよ」議長の上田がクギをさした後、姫さまを見ました。

「姫さま、いや仏教婦人会の会長殿。貴女さまだけが、いまだ一言の発言もなしですが。会長殿。貴女さまのご意見は、いかほどでしょうか」

「ちょっと発言させてください」弁護士が、姫さまに深々と頭をさげてから、喋ります。

「姫さま。貴女さまのご発言が何より大きな権威があります。少年たちの若い命は、まさに姫さまのお気持ちにかかっております。姫さまは皇女である前に、仏につかえる仏教婦人です。まさか仏につかえる姫さまが、少年たちを死においやるようなご発言はなされないでしょうなあ。少年たちとて、まだ子供です」

「何をぬかすか、貴様!」ついに堪忍袋の緒が切れた校長が、弁護士に殴りかかりました。

「叔父上」九条が必死に校長をとめました。

「やめてください。どうか冷静になって」

上田が厳かに一言。

「校長退席」

でも校長は自力で退席できず、とうとう腹部の傷口が開いたため、卒倒してしまいました。

担架で運ばれる校長を、田淵中将が同情の目で見送ってから、姫さまの方を見て、うったえます。

「姫さま。今回の白虎隊の少年たちの罪は、あまりにも深すぎます。許せませぬ。十八歳未満だから、少年院どまりなど、どこの遺族や教師が許せることですか！」

姫さまは実に哀しそうな目をして、立ち上がりました。

「わたくしも仏教婦人として、あの児童のるいるいたる亡骸の山に直面しました。したがって白虎隊を許す気持ちは、わたくしとて毛頭ありませぬ。しかしながら、本当に許せぬ外道は、白虎隊に襲撃を命じた者たちです。彼らの罪は万死にあたいするということは、み仏さえ認めることです。ただ命令されて罪を犯した白虎隊のほうを死刑にすることを、慈悲深いみ仏が認められるとは、わたくしには、到底思えません。これまでの法の裁きでも、直接手をくだせども、それが命令された上での過ちであれば、死罪はまぬがれていたのがつねではございませんか」

九条は、沙織の気持ちを思い、激しい憤りを覚えました。「何をおっしゃるのです。白虎隊どもが手にかけた子供は一人や二人ではない。千七百名もの幼い命を虫けらのごとく奪ったんだ。その上で、沙織さんは実の娘の命まで奪われてる。それは貴女も承知のはず」

「九条殿、冷静に」と上田が言いました。

九条には絶対に納得できようもありません。

でも、おそれおおくも陛下の皇女の意見なのです。議会の流れは一変してしまいました。

白虎隊は死刑どころか、少年法が適用されることになったのです。姫さまの慈悲で。


十万の関東軍とK城を乗っ取っている賊軍は、田原坂で睨み合いを続けていました。

関東軍の先頭に立つ突撃隊長神田少将は慎重に全軍の動きをとめて、山の上にそびえ立つK城を睨んでいました。

「司令部は何を弱気になってるのだ。先に手を出したほうが、負けるとでも思い込んでいるのか」

「わが軍が負けるはずがありません」第七連隊長中大佐が息巻きます。「少数の賊軍に大軍が怖じ気づき、手を出さないでいるなど、とんだ笑い話です。延々と睨み合いをつづけてろという司令部の命令は不条理というもの」

「ただ、現にたった三千名の賊軍に、第三軍の一万五千名が壊滅した。自害した政宗中将殿ら第三軍司令部の言によれば、大道寺天魔ただひとりによって壊滅させられた、と」

「まさか」中大佐は笑い飛ばします。

「天魔がそんな怪物と。そんな者は存在しませんよ」

「だが私には、この世にいるはずがない怪物については、思い当たることがあるのだ」

「なんですと」

「政府も司令部も思い当たりがあるのだろ。うかつに手を出せないという思惑は頷ける」

「ばかな」中は唖然とし、わめきます。「天魔は、十万のこの大軍をたった一人で壊滅させられるスーパーマンとでもいうのですか」

「その可能性がある。私はむしろその天魔を切り札に持つ賊軍が、手を出してこないのが、不気味よ。奴らの狙いは何なんだ」


——姫さまの温かい情けにより、白虎隊の少年たちは救われた、と書かれている新聞の記事に、沙織は放心状態となり、呆然と自室で座ったまま、ぴくりとも動けなくなりました。

留置所に身柄を拘束されている白虎隊は、少年法で救われることになった、と知り全員が小躍り、とも書かれていました。「うそ」一時間して、沙織はやっと言葉を発しました。

「うそよ!」

どん、と沙織はあらんかぎりの力で、畳を拳固で叩き、悔しさ哀しさに泣き伏しました。


堀で囲まれた大岡邸の木造の門の前に、姫さまは立ちました。インターフォンのボタンを押すと、品のない若い娘の声がします。

「はい。誰ですか」

『突然お邪魔いたしまして申し訳ございません。仏教婦人の者ですが。沙織さまは、ご在宅でいらっしゃいましょうか。お話したいことがございまして」

女中らしい娘も、仏教婦人がやってきたのでは追い返すわけにもいかず、くぐり戸を開きました。すぐに女中は驚きます。

「貴女さまは、姫さま、どうぞお入りください」

女中は姫さまを崇める態度をみせながらも、目だけは、怨嗟の表情が隠せません。

女中に案内され、姫さまは広い前庭に入ります。玄関が開かれたときに、さりに出くわします。さりも姫さまの顔は知っていました。さりは泣きながら猛抗議しました。

「姫さま、どうして、ゆりを殺した白虎隊を許したの。母上は部屋で、いつまでも泣きつづけてんのよ。姫さまのばか、ばか」

姫さまは言葉を失いました。

女中は、沙織の部屋のドアをノックします。

「沙織さま。姫さまが、貴女さまに、心より、お詫びをしたいと」女中は勘で、ただならない事態を感じたのか、真っ青になり、勝手にドアを開けました。

「沙織さま！」

何と沙織は短刀で自害しようとしていました。女中は機敏な動きで、沙織の手にある短刀を撥ね飛ばします。

「ばかなことしないでください、沙織さま」

「お願い。死なせて。ゆりに、生徒に、遺族の方に申し訳が」沙織は姫さまを視野に入れるなり、目を吊り上げました。

「姫さま！」

姫さまは、沙織の自殺未遂を目の当たりにし、多少は動じた様子をみせていました。

この女には言いたいことが、山ほどある、と沙織は怨嗟に身をふるわせて、睨みます。

その沙織の形相は並の人間ならば逃げ出したくなるほどの凄さです。それでも姫さまは心のおちつきを失うこともなく、スカートが広がらぬように気をつけながら、沙織の前に座って、頭をさげました。

「先生、貴女には、どのようにお詫び申しあげてよいのやら。先生とのお約束を、わたくしは、ほごにしてしまいましたが、どうかお許しください」

「許しません」

沙織は叫びました。それから、顔を両手でおおい激しく泣きます。

「あたくしは二十名もの生徒を亡くしたうえで、わが子まで亡くしたことは、貴女もご存じでしょう」

姫さまは頷きます。

「はい。わたくしにも、先生のお気持ちは、わかりますよ」

「貴女のような冷血女にわかるものですか」

「わたくしが、冷血女ですか」

沙織は興奮を高ぶらせて、まくしたてます。

「貴女の冷めた心では、子供たちを亡くしたあたくしのこの救われない気持ちは到底わからないはずです。貴女は仏教婦人の会長として、死体を供養することを繰り返してきた。そのうちに貴女はいつのまにか、人の死に心を動かすことがなくなったのよ。いたいけな子供たちの亡骸にさえも貴女の心は動かない。まるっきり何も感じない。その非情さ」

「誤解です」姫さまは哀しそうな目で、沙織を見ました。

「何も感じないなど」

「血のかよった人間ならば、あたくしとの約束を守るはずよ。それなのに」

泣きはらした目で睨み、恨み言を矢のようにあびせてくる沙織に、姫さまは面を伏せて、

「申し訳ございません。このとおりです」と土下座して、心底からの詫びを示しました。

「姫さま」これまで口を挟む余地のなかった女中が驚いて騒ぎます。

「いけません。姫さまともあろう貴女さまが、土下座など」

姫さまの土下座で、沙織は涙をとめ、唖然としました。そして、いくらか落ちつきます。

女中に諌められて、面をあげた姫さまは沙織を眺めて喋ります。

「約束を破ったことは、どんなお詫びをしてもすまされぬことです。でも、先生。もし貴女が自害

などされれば、わたくしも、生きてはいられません」

沙織はぎょっとして姫さまを凝視しました。

姫さまは続けます。

「わたくしは白虎隊に情けをかけてしまいました。しかし、命令されてやった白虎隊はざこにすぎません。そのざこに襲撃を命じた逆賊の首領服部当摩こそが、わたくしたちの真の仇ではございませんか。わたくしも賊軍によって、夫を亡くしました。賊を恨む気持ちは貴女と同様です。賊を仇と思っている女性はわたくしたちだけではありません。あの関東戦争で、多くの女たちは、夫や息子や兄弟を亡くし、悲嘆にくれております。その元凶の逆賊の首脳と首領服部を討てば、残るのは、ざこの手足だけになります。わたくしたちの手で、逆賊の服部当摩や首脳たちを討つのです」

沙織は、姫さまの目に情念の炎が宿っているのを知ることで、この姫さまも血のかよった人間であることを心底から確信できました。

「あたくしに、できることはございませんか。身命をとして、どんなことでもいたします」

沙織は態度を極端に激変させて、姫さまに頭をさげました。いつもの沙織に戻っています。

姫さまは、真剣に沙織の目をみつめて、

「わたくしについてきて頂けるのですね」

「はい」

正直なところ沙織は、この姫さまにはついていけないような気はしました。それでも子供たちの仇が討てる話のほうは、異存などあるはずがありません。

「なんなりと」

姫さまは会心の笑みを一瞬うかべて、「では、重大なお話を。実は……」

解釈簡潔な話術で姫さまは説明しました。

沙織は目を細めます。「では、聖火さまは、まだこの世の人でございますか」

皇室や政府に強い影響力を持っていた征夷大将軍の正室徳川聖火を賊が暗殺したことを皮切りに関東戦争が勃発したのです。しかしまさか聖火が生きているとは不思議な話です。

「そしてこれからの話は、わたくしの口で申せば、おそらく先生はわたくしの正気を疑うでしょう」

姫さまはそっと立ち上がりました。

「聖火さまが、ぜひ先生にお会いしたいとおっしゃられております。今から参りましょ」

姫さまに案内された聖火の隠れ家は、T市郊外にありました。山の麓にある尼寺に聖火は、いまは尼として住んでいるのです。尼寺の狭い庭に入ると、沙織は不気味さを感じました。荒家で静まり返っています。

「姫さま、人の気配がしませんが。こんなところに」

「この尼寺には聖火さまと側近の楓さんの二人しか住んでおりません」姫さまは、玄関で足をとめると。

「末でございます」

「入るがよい」年配の女の声が聞こえました。

四畳半の部屋に粗末な和服を着た五十歳くらいの女性が畳の上に座っていました。将軍謙信の正室徳川聖火です。

「そなたが元幕府大目付大岡森光の孫の沙織どのか。特に幕末のおりには森光どのには、私は世話になった」

尼になりながら白髪の混じった髪を腰までのばした聖火は褐色の肌をしており、鋭い目で沙織を品定めするように見据えていました。座布団もださず、汚い畳の上に姫さまと沙織を座らせた聖火はやっと沙織から目線を逸らし、深いため息をつきました。

「美しいのう、そなたは。姫さまと、いい勝負の妖艶な美しさと、気品に可憐さ」

「まあ、そんな」沙織は、聖火にとっつきにくさを思いながら、ふかぶかと頭をさげました。

「御台さま。よくぞ、ご無事で」

「私が生きてる事実は極秘にせねばならん。夫の謙信さまにも知らせてはおらん」

「まあ。将軍さまにも」

「何事も天命のため。その話は後回しにし、沙織どの。そなたは、一万五千名もの第三軍の軍勢が、三千名にすぎず、装備も旧式の賊軍に壊滅させられたのは何故か。これに説明がつけられるか」

「いいえ。誰もが理解に苦しむ謎でございます」と沙織は当たり前の返答をしました。

「姫の口からでは、そなたは姫の正気を疑うまでのこと。だから私の口で理由を話す」

話は聖火の口から聞かされても同じこと。沙織は聖火だけではなく、こんなことを信じているらしい姫さまの正気まで疑わざるをえません。

「嘘です。ご冗談でございましょ。天魔ただひとりの手で、第三軍が壊滅させられたなど、誰が信じますか」

「無理ありません」これまで黙っていた姫さまが喋りました。

「わたくしも、夫から聞かされたときには、いま先生が、わたくし達を見るような目で、夫を見ておりましたから」

「狂ってる。この世にそんな怪物が存在するはずがありませぬ」沙織は騒ぎたてました。

「そう、天魔はこの世のものではない」と沢庵が、聖火の隣で口を挟みました。

沙織はぎょっとしました。いつのまにこの部屋に入り込んだのだ、このすけべ坊主は。

「あれは、地獄にすむ鬼族の者よ」

「鬼」と沙織は呆然と、呟きました。

「左様。先生は、鬼という者を、昔の人間が、想像によって創ったモンスターと思っていよう。しかし、あの世の地獄というところに、鬼は実在するのじゃ」沢庵は真面目な顔で、沙織を宥めるような口ぶりで喋っていました。

「本来は地獄の鬼がこの世に現れるはずはないのじゃが。人間が稀にみるような悪行を犯したそのときに限って、閻魔は激怒し、そんな悪行を犯した人間を成敗するために、地獄から鬼をこの世に送りこんでくる。そしてその鬼を、この世のある人間と融合させる」

「稀にみる悪行」沙織は声をうわずらせます。

「それこそは、あの児童襲撃事件……たしかに、この世にあれほど、閻魔の逆鱗にふれる悪逆非道はございませんわ」

「左様。逆賊服部は鬼をこの世に呼び寄せるために、あれほどの非道を白虎隊にやらせた。いわば児童襲撃は呼び水よ。賊の思惑どおり、地獄から鬼を招き、豪傑大道寺天魔と鬼を同化させることになったのじゃ」

「待って。つじつまが合わないわ。多数の児童を虐殺し、鬼をこの世に呼び寄せることは、服部ら賊にとって自分で自分の首をしめることのはず。だって本来、閻魔からの使者である鬼が殺す相手は、賊のはずです。それなのに鬼は、悪行を犯した賊を成敗する使命をはたすこともなく、逆に天魔と同化し、賊の味方になるとは、これは、いったい？」

「たしかにそれこそが、謎よ。その謎を、賊のなかに潜入し、探らねばならん」と聖火がそう言った直後、障子が開き、沙織と歳が違わない黒装束の女性が現れました。

「楓か」

　聖火に楓と呼ばれた娘は、重い声音で報告します。

「K城を支配した賊軍と政府軍の睨み合いは終了しました。一度も手を出すこともなしに両軍とも、撤退しました」

「賊軍のほうは何か、要求をしてきたか」

「いえ。べつに何も」

「うーむ」聖火は思案投げ首をします。

「政府側も諜報員を暗躍させ、天魔が鬼と同化した事実は心得ておる。どうじゃ、沙織どの。鬼という切り札を持つ賊軍の方が、何の要望もなしに撤退するというのが、むしろ不思議と思わぬか」

「鬼と同化した天魔ひとりに、十万の大軍が」

沙織はまだ釈然としません。あの世の地獄から、鬼がこの世に！　そんなばかな！

「沙織どの」聖火は目を光らせて沙織をみつめます。

「賊の目的は、政府を転覆させ、侍天下の世にすること。おそらくは世の中を、服部当摩の思いどおりに動かすことじゃ。こんな戯けた奴らの狙いは阻止せねばならん」

沙織は聖火の鋭い目を見返し、頷きます。

「あたくしはわが子を含めて、多くの幼い命を奪った賊が許せませぬ。この手で服部ら賊の首脳が討てるのなら、命などいりません」

「頼もしい。それこそがそなたの天命よ」

聖火は満足げに沙織と姫さまをみつめ、はじめて親しみの持てる笑顔をみせます。やがて表情を曇らせてから話しました。

「鬼がいる限り、賊の首領服部や首脳は男では倒すことはできない。鬼の天魔と服部らに太刀打ちできる武器は、そなた達ふたりの妖艶な美しさしかない。二人とも、女の武器を使い、私の手足となって、はたらいてくれ」

沙織は頭をさげましたが、女の武器を使うという意味に暗澹とした思いになりました。死んだほうがましの使命といえます。脳裏に、九条の顔がよぎりました。一時は、彼との距離が縮まったようにも思えたものですが。

姫さまは、いつものごとく感情を殺し、平然とした様子でした。

「私の計画の第一段階は、賊という悪に効力のある絶世の美しさと正義の心をかねそなえたふたりの女性を抱き込むことだった。これはすでに完了。第二段階はそなた達ふたりに賊の中に潜入し、女の武器を駆使して内情を探ってもらう。沙織どのは、逆賊の首領服部当摩を相手に、姫は鬼を相手にし、秘密を探り情報をこの楓を通じて、私に知らせよ」

沙織は姫さまを見て、ぎょっとした表情になりました。

「いけません。あたくしはともかく、陛下の皇女である姫さまが、このような使命を請け合うなど」

「沙織どの」

聖火は強い語気で沙織を黙らせ、話します。

「先程、私の無事は極秘とは言ったが、すでにお上や政府の者と話し合った上で、了解をえてるものじゃ。したがって私の命令は、お上の命令じゃよ」

「そんな。陛下が」沙織は唖然とします。報徳天皇は実の娘を、汚らわしい逆賊や鬼の懐に差し出す決断をしたのです。

「でも、姫さまのお顔は日本中に知れてることですよ」

「その点にぬかりはない。こんな場合にそなえ、すでに姫の影は作ってある。その姫の影が姫に成り済まし、姫のいない間、江戸城に住む手筈となっておる。江戸城に住む姫と瓜二つの顔をした影を誰もが疑いなく姫と思う。そうして江戸城に姫がいると思い込ませた上で、まさか姫ともあろう方がこのような使命に身を投げ出すなど、賊のほうも露ほども思うはずもない」たしかに誰もが信じられないことなのです。姫さまがこんなことするなど、常識からかけはなれすぎています。

「後は姫の長い髪を切り、化粧を変えれば、それで印象は変わり、姫に似た娘と思われるだけじゃ」

沙織は沈黙しました。姫さまは黙ったままで、すずしい顔をしていました。

聖火は話を命令に戻します。

「とりあえず、潜入し、国賊どもの内情を探ってもらう。そなた達が潜入することにより、すべての謎は氷解できるだろう。そして私が許可の命を出すまでは、いかな好機がおとずれようとも、仇討はしてはならん。秘密を探ることが、第二段階よ」

「でも」沙織は感情的に声をふるわせます。

「あたくしの本懐は仇討だけです。国賊服部を討てる好機をみすみす逃すなど、無理です」

「辛抱するのじゃ」と聖火は怒鳴りました。

「たとえ首領服部を討っても、他の首脳が首領になるまで。服部ら首脳全員をいっぺんに討つ絶好機など、第三段階に入るまではおとずれるはずもない。私情は捨てるのじゃ」

「第三段階で、全員を討てるのですか」

沙織は執念の目で、聖火を睨みます。

「左様。その策も、私の胸にある」聖火は沙織を黙らせると、命令を述べつづけます。

聖火は、姫さまと沙織にささやかな休息を命じました。二人が隠れ家を立ち去ると、沢庵が聖火に話しました。

「姫さまのほうは大丈夫じゃが。女の先生のほうは、ちと荷が重いように思われますが」

「心配ない。あの娘が感情に溺れ、私の手引きした道を踏み外そうとすれば、そのときは姫が善処してくれる」聖火は目を伏せました。

元老閣僚極秘会議室に政府や軍の首脳が、議論を始めていました。金子元帥は、賊軍から送られた親書を指先で突き、

「これによると、国賊服部は、休戦を申し込んできている。休戦の期間は約一か月とも二か月とも」

「休戦だと。見え透いたことを」陸軍大臣が喋りました。

「休戦の間に全国の不平士族どもを抱き込むつもりだ。賊軍の勢力が拡大するのを手をこまねいて

いるわけにはいかん。こっちには休戦の理由なんかあるものか」

「しかし賊には、鬼がおる」と参謀総長。

「鬼といえども、十万もの大軍でせめれば、倒せていたところだったと私はそう思う」

「もし鬼を倒せていたとしても、死力を尽くしたわが軍の被害は、鬼のおかげで甚大となってたはず。そうなれば全国の何万もの不平士族たちが今こそ絶好機とばかりに賊軍に加勢し、攻め込んできていた。戦い疲れて、弾薬が底をついたわが軍が攻め滅ぼされていたと、予想できる。関東軍が全滅すると、東京は、国賊服部に侵略されていたと思える」

「それでは、鬼という切り札を持ってる賊軍がわれわれよりも有利な立場なのなら、なぜ賊軍のほうも手を出さずに、K城から撤退したのだ。そして、いま休戦を申し込んでくるとは、どういうことだ」

「それは謎だ。国賊どもの内情は判らん」

「鬼か」金子元帥が拳固で机を叩きました。

「あの世の地獄の鬼が、なぜ国賊の味方をして、お上や政府をここまでおいつめるのだ」

「その鬼のことだが」総理大臣が沈着に話します。

「われわれはその鬼がどれほど強いのかまだ判ってない。鬼を倒す方法も、閻魔からの使者である鬼を服部たちがどうやって味方にひきいれたのかも。そして国賊どもの内情も何もかも不明だ。それが判らないと、国賊どもを討伐することはできん。いかな優秀な諜報員でも、逆賊どもの首脳や鬼の中までは近づけない。そこで、平民の擁護者であるあの聖火さまが、ふたりの女性を、賊の中に潜入させる画策をしておられる」

「その話は承知だ」金子が肩をすくめます。

「おそれおおくも姫さまが。それはいかん」

「だが聖火さまの画策を実行することは、陛下の命令なのだ。陛下の決断なのだ」総理大臣は涙を流しました。

「陛下は国のためならば、実の娘すらも犠牲にする覚悟の決断をくだされた。陛下のご心中を察すれば胸が痛む」

「しかし二人の女性を潜入させ、賊の秘密を探り、情報を入手するとはいっても、女の身で、そんな国運を左右するような使命がはたせるものか。聖火さまの最終的な狙いは、二人の女性に国賊服部と鬼を討伐させることではないか。そんなことできるものか」

「何人もの諜報員が賊の中に潜入することを試みたが失敗し、死体となって帰ってきたのだ。それなのに女性に潜入させるなどということができるはずがないだろう」

「女性でなければできないという使命もある。姫さまはもちろん、もう一人の女教師も姫さまに劣らぬ絶世の美女だ」と総理大臣。

「うーむ。国賊どもはどいつもこいつも名うての色好み。美味なるえさに食いつかぬはずもない。それにまさか女がこんなスパイの名代を務めるとは誰も思わぬ。潜入することには失敗はないのかもしれん。しかし姫さまが」

政府や軍の首脳たちはみな、末の方の身を、国賊たちにさしむけることに胸を痛めていました。

「ところで提案だが」金子元帥がしばらくの重い沈黙を破りました。

「われわれは、世間に鬼の存在を公表すべきではないのか」

「それはまずい」と総理大臣が反対します。

「たった一人で、十万もの大軍を壊滅させかねないようなモンスターの鬼が出現し、それが逆賊の味方となっていることを国民が知れば、日本中が大変なパニックとなる」

「そのとおりだ。ただでさえ、逆賊なんかに日本を乗っ取られるようになれば、自分たちはどうなるのか、と大衆は動揺しているというのに。公表など、とんでもない。今は、われわれだけの秘密にしておくべきだ」

「私も秘密にすべきとは思うが。ただ国民に公表した場合。たった一人で、十万の大軍を壊滅させるような鬼というモンスターがこの世に存在する話なんて荒唐無稽すぎて、国民の何人が素直に信じてくれるのだ。われわれの正気が疑われるまでじゃないのか」

「われわれの正気が国民に。そうかもしれんな。なんにせよ。鬼の存在は公表できない」

「休職したいと」入院している校長の代理をしている久保教頭は、残念そうな顔をします。

「はい」沙織は頭をさげました。

「申し訳ございません」

「あの悲劇から、辞職や休職を申し出る先生が、貴女で十三人目よ。まあ無理ないけど」

征夷大将軍の名だけは残りはしたものの、今や何の実権も持たなくなった将軍徳川謙信は東京の郊外にある屋敷に住んでいました。

広い庭のある大きな屋敷ではあります。庭には謙信に従う兵士が百名ほど、旧式の小銃を握り、形式的な警護を行っていました。屋敷の中の二十畳間の部屋で、謙信は、たわけ！　と怒鳴りました。国賊服部から送られた親書に立腹したのです。

「これには恭順しろ、との脅迫が書かれておる。余が、国賊服部に従うなどとは、こんなたわけた話はない」

「無礼な。上さまをなんだと」

「しかし上さま」老いた家臣が弱気の表情を謙信にみせました。

「今や、政府が転覆する日は近いうちなのかもしれませぬ。時代は残念ながら、国賊服部の時代になってるのやもしれません。恭順するふりでもして」

「下園、そちは余が国賊相手にそんなたわけた猿芝居ができると思ってるのか」と謙信はここで嘆息し、嘆くように喋りました。

「幕末。わが徳川幕府を倒した者たちの導いた新しい日本とやらは、どの道、暗黒の世になるはず、と余は予想した。余の危惧は大当たりじゃ。余の理想の志を無視した結果がこれよ」

確かに上さまは、理想の志をあの幕末の頃に持っておられた、と下園は回想しました。

あの動乱の徳川幕府の末期に二十歳の若さで、将軍となった謙信は、幕府を立て直すことに全力を尽くしながら、高い志を大義名分としていたのです。その志をはたせず、幕府は、薩長連合に倒されました。あの日、西郷軍が、徳川を滅ぼすべく、江戸に攻めてきた時、謙信の正室の聖火が、自分は徳川に嫁いだ限りは、絶対に徳川家は不滅とせねば、という信念で、旧幕府代表として、西郷と会談し、無血開城を実現させたのです。いわば聖火は、謙信の命の恩人でした。それなのに、と下園が不審に思うのは、その聖火の死を知らされてから、謙信が聖火の死を悼む様子をかけらもみせぬこと。聖火は徳川に忠義を尽くしてはいても、夫の謙信との仲は冷めていた、ということは下園も承知ですが。ただ本当に、聖火さまは亡くなったのか、と考えます。


沙織は、日乃平民小学校の児童たちと娘のゆりの墓参りをしていました。国があの児童襲撃で犠牲になった子供たちを、尊い戦没者のうちとし、立派な墓石を提供してくれたのでした。沙織は、無数の子供たちの墓の前で、誓いました。あなた達やご遺族の方にはどんなお詫びをしてもすまされぬ話だわ。こんなことになるのだったら、先生は、夜間教練を絶対に、とめるべきだった。そしてあなた達の身の安全をはかるためのあらゆる手をうつべきだった。でもね、先生は、教師として、母として、あなた達の幼い命を奪った権力の鬼どもを退治し、逆賊から、この日本を守ってみせるわ。必ず！

「先生」と九条が現れました。

「九条さん」沙織は今は、この人に会うことは辛い心境でした。

「奇遇ですね。ぼくは叔父上の見舞いのついでに、この子たちの墓参りを、と」

「あたくしは、お墓参りのついでにこれから、校長先生のお見舞いを、と思っておりました」

沙織と九条は、人気のない道を歩いていました。九条は喋ります。「あれから、江戸城の姫さまに一度だけ、会いました。でも、あの女性は、姫さまの影なんでしょう」

「えっ。いえ、そんな」

「姫さまにそっくりでも、どことなく、物腰、態度のいやしげな、とぼくには思え、これは別人と判断がつけられました」

「気のせいですわ」

「ぼくは、聖火さまの計画は、知っています」

「えっ。ご存じでしたの」

「政府のお偉方の口から知らされ、驚きましたよ。信じられない荒唐無稽な話ですね」

沙織は足をとめて、九条から辛そうに顔をそむけました。

「九条さん。あたくしは、汚らわしい逆賊に、ふしだらにも、この身を」

「そんなことは、ぼくはぜんぜん気にしません。ただ、貴女のことが心配なのです。心配で心配で、夜も眠れぬほどです。できれば貴女をとめたい。でも、こと子供たちのためとあらば、貴女はとめられない人だ」

九条の真剣な声音に、沙織は胸がしめつけられました。

「九条さん。女のあたくしの口から申すのはためらわれますが。あんなことさえなければ、日本が平和でしたら、貴方には、お話いたしたいことがいっぱいありましたの。でも、いまは、それは」

ふたりは沈黙し、やがて九条がなげくような口調で言いました。

「いったい、これから、日本はどうなるのでしょうね」

沙織は黙り込みました。

「幕末の頃、叔父上が徳川幕府に忠誠を誓った新撰組の隊士だったことは知っていますか」

「校長先生が、あの新撰組の」

「そう。今日叔父上は、懺悔のようにその当時の己の本音を吐露してくれましたよ。自分が新撰組に入ったのは、偶然にすぎなかった。だけど自分が心底から、徳川幕府の犬になりきる決意をしたのは、上さまの高い志を知ってからのことだ、と」

「上さまの志？」

「幕末の動乱に翻弄されながらも、上さまは、日本を、仏の国にしようという志を持っておられた。戦争も身分制度もない、仏の前で、万民平等であり、誰もが幸福になれる国にするという。幕末に上さまは言った。幕府を倒した者たちはどうせ日本を暗黒の軍国主義国家へと導くだろうし、新たな内戦が続出する世になるはず、と。残念ながら、上さまのこの予想は当たっているではありませんか」

「左様でございますわね」

「当時の上さまは、真剣に仏の国とし、地上天国の世を実現させようとしていたのです」

「でも、そんなのは、理想だけを追求しすぎてる、と思いますわ」

「しかし当時の叔父上たちは、上さまの理想の国家成立の夢に共感していたのです」

沙織も仏への信心は深いほうではありましたが、あの児童襲撃事件に直面してからというものの、仏が信じられなくなったのです。

仏があの悲劇をとめてくれたのか。何もしてくれなかった、と沙織は仏を恨みました。


服部当摩を首領とする賊軍の本部は名古屋郊外にありました。そこに服部当摩は、御殿を作っていました。関東戦争以降、全国の不平士族たちが、続々と、この御殿に集まってきました。九州で内戦を頻繁に起こしつづけてきた不平士族の将の松平五右衛門は、服部当摩と結託する意思を表明しました。

「松平殿。大物不平士族との結託は、そなたで九人目じゃ」服部は祝いの酒を飲みました。

「これでわが軍の兵の数は増えていく」

「おいどんの兵一万名のざこどもは、どうでもよか。しかしおいどんはおはんの侍天下の世にするため、政府を転覆させるとの野望に協力はするが、おはんの家臣にはならん」

「ふん。どいつもこいつも。いずれは天下人の余に対し、無礼な態度じゃ」

「はあ。不平士族の将の者たちはみな、プライドが高く」側近今井道雪は、肩をいからせて歩く服部当摩に喋りました。「しかし、彼らを抱き込むことで、わが方の構成員はネズミ算式に増えて、政府転覆は近いうち、と」

「政府転覆だと。そんなものは現時点でも、すでに転覆してるも同然よ。それより、将軍の謙信は、抱き込むことができないのう」

「当摩さま。征夷大将軍など、どうでもいいではありませぬか。将軍は名だけ残り、何の権力もなく、すべてを失っている男ですぞ」

「そなたは、将軍はほんとに、すべてを失っている、と思っておるのか」

「はあ。いまや廃人も同然と」

「その廃人同然の将軍が、余を畏怖させる何かがあるのだ」

「これはこれは、当摩さまらしからぬ取り越し苦労ですな。何もありえませんよ」

「ふん。もうよい。お楽しみの話に入ろう」

「お楽しみ」今井はしかめっ面となりました。

「はあ。鬼、いえ天魔殿のお相手は、昨夜決まりましたが」

「知っておる。あの末の方に似た娘じゃな。似ているだけでなく、本当の末ではないのか」

「まさか。姫さまが」

「あそこまで似てると気味悪いわ。だが、余のほうの相手は決まらぬ」

「決まります。これから紹介する娘は、当摩さまも驚くほどの美女でございます」


服部当摩をひと目見るなり、沙織は吐き気を催しそうになりました。何とも醜い男。心の隅では、服部に嫌われたら嬉しいと思っていました。でも、それでは目的をはたせないのです。ここは昔、華族女学校の演劇部でヒロイン役を演じていた頃の経験をいかすべき、と、美しい愛想笑いをうかべました。

「ほうっ」忽ち服部は好色な目で、沙織を凝視します。

「そちの名前は何という」

「あやめです」沙織は偽名を述べました。

「あやめか」早くも服部は性的興奮の喘ぎ声を発しました。

「何と美しい。気にいった。余のお楽しみの相手は、そちに決まった」


服部当摩の寝室で、沙織は服部に犯されていました。覚悟はしていたとはいえ、我慢などできぬ責苦でした。でも殺された子供たちは銃弾を浴びて、もっと痛い思いをして死んでいったことを考えます。それに比べれば、こんな苦痛はなんでもないと思い込みました。

欲望を満たした服部は満足したという満面の笑みで喋りました。

「そちを抱いてるときは、この世の極楽であったぞ」

この世の地獄の責苦を耐え抜いた沙織はショックに言葉を失っていました。着物を着ている間に立ち直り、内面のものを隠し、笑顔を見せました。

「あたしも幸せです。あたしのような卑しい女が、天下人になられようとしている服部さまほどのお方に抱かれるなど、光栄です。天にも昇るような気持ちでした」

沙織の演技に、服部は偽りの言葉とは疑わぬ様子です。

「そうか。そうか」

服部は過信と単純な性格で、沙織に心を許し、いろいろな内幕を喋りました。

「そちには、こんな話は信じられぬだろ。あの世の鬼と融合した天魔は、政府軍の十万の大軍をも一人だけで壊滅させる強さなのじゃ」

「では、なぜ政府軍をやっつけようとはしないで、睨み合いだけして、撤退したのですか」

「余の壮大な野望を実現させるため、使える兵士は、一将校、一兵卒たりとも温存しようと、思ったからよ」

「はあ?」

「今はこの服部当摩の時代。政府軍の兵士たち全員を、余はいずれは抱き込み、味方とする画策だ。

政府軍の兵士を味方にくわえるときは、余が天下をとったときだが。この天下とりのことだが、余の初手の野心は、余が、この国を支配することだった。しかし、鬼を手に入れてからは、余の野望は、日本という、ちっぽけな国だけではすまなくなった。世界征服こそが、余の宿願よ」

「世界を征服することが、貴方さまの目的」沙織は服部の壮大な野望に身震いしました。

服部は続けます。

「余と地獄の鬼が手をくめばこの本懐はとげられる。ただ、世界には、強力な新兵器の発明がある。いかに鬼が強くとも、鬼だけで世界を制することができるとは思えん。一人でも多くの兵士が必要だ。戦える兵士は温存すべきと判断し、撤退した」

地獄の鬼や日本中の兵士たちが、服部の思いどおりになるわけはない、と沙織は心中で吐き捨てました。

沙織は開かれた窓の外を眺めました。鬼と、相手役の姫さまが、いま住んでいる所は、ここから、遠く離れているのです。

「服部さま。どうして、鬼、いえ大道寺天魔さまの屋敷は、ひとつだけ、あんな遠くにあるのですか？」

「鬼を遠ざけるためじゃ。そちも、鬼には近づいてはいかんぞ」

「誰も近づくことができない、と」

「うむ。そちは、サトリという者を知ってるか」

「はあ。人の心をよむ能力を持ってる魔物」

「鬼は、サトリよ。近づけば誰の心もよまれてしまう。そのため遠ざけているのだ。幸い、鬼のほうも、人の心など、むやみによみたくないらしい。人に近づこうとはしない」

やばい、と沙織はどっと冷汗を流しました。鬼がサトリならば、いま唯一鬼のそばにいる姫さまの心はよまれて、自分たちの計画、目的が、ばれてしまう。本当にやばい。


女子休憩部屋で、沙織と姫さまは話をしました。長い髪をカットし、印象を変えた姫さまは、沙織の話を聞き、「世界征服のためにですか」と驚く様子もみせずに呟きました。二人は窓際に座っています。窓は少し開かれ、楓が沙織の話をメモ帳に記入していました。

ここに忍び込む楓は凄い人と、沙織は感心しました。彼女は忍者の子孫なのでしょうか。

「姫さまは驚きになられないのですか」

「ええ。おおかたそんなことだろうと、最初から見当つけておりましたから」

沙織が服部当摩から聞いた話をすべて終えると、姫さまが、鬼の話をしはじめました。

その話によると、鬼には、火攻めも水攻めも、まるっきり効き目なしで、飲まず食わずにも平気だというのです。

「恐ろしい」窓の外の楓が呟きました。「鬼は、不死身なのですか。人では、鬼を倒すことなど不可能。いやどこかに、なんらかの弱点があるはず」

「天魔と同化した鬼の人格は、どちらのものなのですか」と沙織がききました。

「人格は鬼のものです。同化したときから、天魔という人間は、消滅したも同然です」と答えた姫さまは沙織をみつめて、

「鬼はサトリですよ。先生、鬼には近づかぬように」

「服部から聞いて、鬼がサトリの能力を持っているとは、あたくしも存じております。姫さまこそ大丈夫でございますか。鬼のそばにいて」

「わたくしに限っては大丈夫です」と姫さまは、沙織の心配を吹き飛ばすほど、自信ありげな微笑を見せました。


「そなたの心がよめない。いや、この俺が人の心がよめないなんてことはないが、そなたの心はよみにくいのだ。肝心なことはそなたが感情、潜在意識さえ無にするものだから、よめない」と喋る大道寺天魔の身長は百六十センチほどで、姫さまと同じくらい。体は細く、こんな小さい男が、第三軍をひとりで壊滅させたのです。もっともこの男は天魔などではなく、天魔の皮を被った地獄の鬼です。

「あたしの心は、仏にあずけていますから」

「仏に心をあずける。ふん。そなたはそんなに信心深いのか」

「はい。仏への信心深さは狂信的なまで、と、よく人から言われています」

「ふん。俺にはそなたが、ただ者じゃないように思えて仕方ないわ」

「そんな。あたしごとき者が」

「そなたは本当にただの平民の娘なのか。そなたのあでやかな立ち振る舞いを見ると、平民の娘とは思えないのだがな」

「そんな」姫さまが、どんなにどこにでもいるような娘のふりをしても、高貴な香りまではかくせないのです。

「まあ、よいわ」天魔、いや鬼は、ベッドに尻をすえました。畳に座っている姫さまをみつめて、姫さまの偽名を呼びました。

「さや」

「はい」

「そなたは俺を楽しませてくれた。そのお礼に、俺がこの人間界に現れた謎をちと教えてやる。闇魔の逆鱗だけでは、鬼の俺はこの人間界に出現することはできんのだ」

「そうですか」

「そなたに、この字が読めるか」

渡された紙の字を姫さまは眉をひそめて、首をひねりながら。

「かいこふうせつ、と読むんですか」

界個封拙、と書かれているのです。

「そちには、でたらめ、と思えようが、これは、鬼語よ。日本語に訳すと、満月の夜じゃ。俺を人間界に出現させる呼び水となった、あの児童襲撃事件は、満月の夜に行われたよな」

「満月に限られるわけですか」

「そう。満月に閻魔の逆鱗。しかしこのふたつの条件だけでは、なおも俺は人間界に出現はできない。この上で俺を呼び寄せる条件は、まだある。それらの条件をすべてそなえなければならなかったのだ」

「ふたつの条件以外の条件とは？」

「それは、まだ教えてはやらん」


「政府や軍の首脳を暗殺すべきだと」服部は、会議室で、松平五右衛門を睨みました。

「左様。それでいっきに政府転覆でごわす。すでに我らの組織の構成員は増え、政財界、軍隊の中枢にまで浸透し始めてるとは、おいどんも知っとるよ。政府や軍の首脳陣を次々と暗殺し、とどめをさし、侍天下の世に」

「政府や軍の首脳に要人を暗殺する必要はないと余は思うがな。そんなことしなくとも、すでに政府など転覆してるも同然よ。それよりも」

服部は眉間にしわをよせます。

「余は、将軍の徳川謙信を抹殺したい」

「征夷大将軍を」松平は笑いました。

「将軍こそ廃人同然の存在よ。そんなものの何をおはんは、恐れているのでごわすか」

「誰もが廃人同然と言うが。そなたは、あの謙信のカリスマ性を知らんのか。徳川謙信は、もしあと一か月でも早く将軍になっていれば、幕府は倒されることはなく、仏の国を実現させていたともいわれた男だぞ。今でも、奴は要注意じゃ。奴も狙っておる。天下を」

「そんなばかな。考えすぎとよ。廃人同然とはいえ、征夷大将軍は侍天下の世の顔となってもらうという思惑が不平士族の大半にあるでごわす。将軍暗殺は反対意見が多いぞ」

服部は、今井を見ました。「そなたは、どうじゃ」

「私も反対です。天皇を暗殺することと同様に、やはり将軍暗殺もなにかとリスクが」

「将軍暗殺は後のことを考えると、結託を乱すもとでごわす。だが政府や軍の首脳どもは、邪魔な存在でごわす。暗殺すべき」

「その必要はないとは思うが。ま、しかしそれほどまでにそなたが申すのなら、よきにはからえ」

服部は肩をすくめました。

T市郊外の山の麓にある聖火の隠れ家で、楓は聖火に、姫さまと沙織からえた情報を話していました。

「うむ」と聖火は満足していました。

「二人を賊の内部に潜入させてから、二週間でかなりの収穫をえれた」

「鬼と服部が、姫さまと沙織さまにすっかり心を許してるからです」

「うむ。鬼を倒す方法が知れぬのは残念だが、沙織どのの情報で、服部の野望が知れた上で、一週間後に服部たち逆賊の首脳全員が集まって祝いの食卓会がひらかれるそうじゃな」

「はい。ある個室で豪華な中華料理を。沙織さまも同席されるようです」

「その沙織どのの話で、食卓の日にちも、出されるめしが同じ釜のめしということも、どこで作られるかなども、すべてが知れた。おかげで私も手がうてる」聖火は目を光らせました。

「思っていたよりも早く、第三段階に踏み切れるかもしれん」

「すると、逆賊の首脳全員を討つことを遂行できる、と」

「その祝いの食卓会こそ絶好のチャンス」

「毒殺ですか。しかしその前に、沙織さまが、服部から耳に入れた重大な話」

「判ってる。奴らが政府や軍の首脳の暗殺を企てておる事実じゃな。防ぐ手はある」

しかしこの暗殺の件に関しては、聖火が、かけらの危機感もなく、面倒臭いという素振りをみせたことに、楓は驚きました。

「一週間後の祝いの食卓会で、奴らの息の根をとめてやる、と言いたいとこじゃが。それを決行する前に」

「鬼を出現させるための条件をすべて知る必要がある、と」

「うむ」聖火はこのことに一番興味を持っているようでした。

「満月に閻魔の逆鱗。この二つの条件以外に必要な条件とは何か」

「その謎がとけるまでは、絶対に逆賊毒殺作戦の決行の命令は出さないとおっしゃるのですか」

楓は怪訝な顔をしていました。

「左様。鬼の存在もあるしな。鬼退治の手段をつかむことが最優先だからな」

「でも、鬼退治の方法を知ることと鬼を出現させる条件の謎とは別事ではありませぬか」

「黙れ！」聖火は怒鳴りました。

「私を信じて、私に何もかもをまかせておけばよい」


「中華料理は、ピリ辛チャーハンよ。それが、祝いの食卓会で出される」と服部が言います。

「まあ、楽しみ。でもいいんですか。あたしごとき者がそんな贅沢な料理を」一応はその料理に毒をもる予定があるのですが。

「何を遠慮する。そちは余の女房も同然ではないか。世界征服の誓いを我ら首脳全員と共にたててくれ」

「全員が集結ですか」

「うむ。鬼だけは欠席するがな」

「その鬼を出現させるために」沙織は怒りを表面に隠しきれませんでした。

「日乃平民小学校の全児童を襲撃させるように、貴方さまは、白虎隊を扇動したのですね」

「何？」服部は、沙織に背をむけたまま、酒を飲むのを中断しました。

「それは違うぞ」

「えっ」

「余は、白虎隊に対して、頑是ない童たちを襲撃しろなどと命じたおぼえはない」

「左様ですか。服部どのはそのようなことを」

女子休憩部屋で姫さまは首をかしげながらも、それほど驚いていない様子でした。

「嘘にきまっております」沙織は吐き捨てました。

「私も先生の言葉に同感です」少し開かれた窓の外にいる楓が喋りました。

「服部たちの扇動ではないのなら、誰が」

「そんなことより、服部たちを毒殺するにあたり」沙織は楓のほうを見ました。

「あたくしが服部の口から聞いたことにより、ピリ辛チャーハンがどこでつくられるかは知れていますから、すでに毒を盛る準備はされてる、と」

「はい」楓は応えました。

「ぬかりなく」

「でも、服部たちにも、事前に毒味をする者たちがいます。それで、ばれてしまうのでは」

「そこにぬかりがあるはずがありません。使用する毒は、毒を食べてから、効き目があらわれるのに、まる一日はかかるという特殊な毒です」楓はほくそ笑みをうかべて説明しました。

「なるほど。それなら」

「ただ」姫さまが胸を痛めているという表情をして喋ります。

「それでは毒味の人たちが、死んでしまいますよ」

「何を申されるのですか」沙織が顔をしかめて睨みました。

「毒味の者たちも逆賊どもです。そんな人間が何人死のうと、かまわないではありませぬか」

「わたくしとしては」姫さまは気乗りがしないという様子をみせて、意見を述べます。

「余計な殺しは、どうも感心しないのですが」

「余計な殺しではありません」楓が言い切りました。

「日本のために必要に迫られてやることです。姫さま、甘い了見は捨ててください」

沙織はまだ何かを言いたげな姫さまを無視して、もどかしそうな顔で喋ります。

「順調に準備は進んでるのですね。それなのに何故聖火さまは、鬼を出現させる条件の謎をすべてとくまでは毒殺作戦は決行しないと命ずるのかしら。鬼を出現させる条件に関しては、これまであたくしがどんなに熱心に聞きただしても、服部は黙秘し続けていましたが、今日、襲撃を命じた覚えはないとの嘘をついた上で、われわれは鬼を出現させる条件など、何も知らない、とまた嘘を」

「本当に嘘でございましょうか」と姫さまは、険しい表情をして首をかしげました。

「嘘ですよ。すべて知っていたからこそ、児童を襲撃し、鬼を出現させたのです」

「まあ、そうでしょうね。鬼を出現させる条件の謎は一週間のうちに、わたくしが、ときます」と姫さまは言い切りました。

「お願いいたします」と言った沙織は苦い顔をしました。

「ただ、この毒殺の決行ですが、あたくしも毒入りチャーハンを食べることになります。鉄の規則で、祝いの食卓会では残さず食べることになっております。これじゃ、あたくしも食べるしかありませぬ。聖火さまは、あたくしに死ねといいたいのでしょうか。あんな鬼畜どもと、心中など、したくはございませんわ」

「そのことなら、わたくしに良い考えがございます」と姫さまは言ってから、声をひそめて話しました。その考えに、沙織の愁眉はひらかれました。

「さすがは姫さま」楓がにんまりと喋ります。

「その方法なら、先生だけは、毒を食べても無事ですね」

「それならば」と沙織は、せかします。

「一週間のうちに、鬼を出現させる条件の謎を」

「わたくしはその謎を、政府や軍の首脳暗殺の件をさしおいて、最優先にする聖火さまに疑念を抱きます」と姫さまは目を細めていました。

姫さまと沙織が逆賊の内部に潜入している間に情勢は急速な変化をみせていました。急遽大国ロシアが、中国の領土であった満州に、何十万もの大軍を駐留させ、その一部は朝鮮北部に侵入を始め、日本政府の意図と真っ向からぶつかりました。朝鮮をロシアにとられたら日本はどうなるのか。ロシアが次に狙うのは、この日本なのだ、と世間は騒ぎました。

ところが、こんなときに政府や軍の首脳が次々と大量に暗殺されるという大事件が起こったのです。国民の危機感は頂点に達しました。

その国民の心をつかむ信仰組織が、関東を中心に勢力を拡大させ始めていました。その組織は、仏教道という士族の集まりで構成されたものでした。今の動乱の世を救うのは、仏しかないと彼らは主張し、信者を増やしていました。カリスマ性のあるこの仏教道は、日本の救世主と崇められはじめたのでした。

仏が大国ロシアを蹴散らし、日本を救うだと。そんなばかな、と九条は苦い顔をしました。こんな情勢の最中に日本は逆賊に国を乗っ取られる寸前となっているのです。その上で、ロシアとの戦争の危機が迫っているというのに、仏教道なんかにすがっている場合ではありません。でも九条は、姫さまの依頼をすませねばなりません。あの日、児童たちの墓参りに沙織と偶然会って、それから別れた後、九条は姫さまと会っていました。姫さまの方が、九条に依頼したいことがある、と言い出してきたのでした。姫さまは話しました、わたくしは、聖火さまを心から信頼しておりますが。今回の潜入作戦を行うにあたり、不審な点がいくつかあるように思えて仕方ないのです。国運を左右する、この聖火さまの画策に間違いがあれば大変です。万一わたくし達がしようとしている逆賊の首脳抹殺が、かえって日本を最悪の世に導くことになるとすれば。こんなことは考えたくはありませぬが、万一の危惧を貴方に調べてほしいのです。

九条は、姫さまが、聖火を信頼しているどころか、思いきり疑っている、と思えました。

白虎隊の少年たちに、彼らを扇動した男は、本当に服部だったのかを聞き込んでほしいと姫さまは、九条に依頼してきたのでした。

白虎隊が少年院へ入るまでには、裁判などがあったため、面接は許されませんでした。いまやっと面接の許可をえたのです。

面接室で檻を挟んで九条は、白虎隊の少年と話をしました。少年院どまりが決まって以来、白虎隊の少年たちは反省の色などかけらもなく、ふてぶてしい態度になっていました。

「ああ俺は、ガキどもを殺した。でもあんたには関係ねえことだ。姫さまの慈悲。そんなの当然よ。俺は良家の子弟なんだぜ、あんな平民のガキどもの命たぁ、重さが違うんだ。俺の命のほうが、貴重なんだよ」

「この外道」と九条は怒りを覚えましたが、抑制して。

「まあいい。それより、お前たちを扇動した服部の様子を教えろ。本当に、服部当摩だったのか？」

「服部だよ。服部じゃなくって、誰なんだ」

「変わった様子はなかったのか」

「そういえば、覆面をしていて、顔は判らなかった。だが、余は服部当摩と名乗っていた」

「何！　覆面をかぶっていただと！」

服部当摩が、覆面を。何のために。服部ならば、覆面などかぶる必要はないでしょう。

「逆賊の殺し屋により、政府や軍の首脳が暗殺された上で、ロシア軍が日本を侵略するか。まあ俺にとっては、ロシア軍なんぞ何十万でかかってきても、怖くないがな。俺ひとりで絶滅させてみせるぜ」と鬼は豪語しました。

「まあ、頼もしい。貴方さまは、無敵ですね」

「さや」と鬼は、姫さまの偽名を呼びました。

「俺を出現させる条件。満月の夜に閻魔の逆鱗これに続く三つ目、四つ目の条件は何か」

「あたしには、わかりません」

「三つ目の条件のヒントを教える。それは性」

「性？」

鬼は姫さまをまじまじとみつめると、妖しさを感じました。この女の心はよみにくい。

仏に心をあずける、といったが、ただ者とは思えぬ。そして天皇の皇女末の方にそっくりだ。まさか日本の姫が。姫ならば今、江戸城にいる。この女は姫に似た平民の娘よ。まことの姫ならば、こんなことをするはずもない。

だが、まさかとは思うが、いま江戸城にいる姫のほうが、にせものだとすると。

「なあ、さやよ」と鬼は椅子に腰をおろし、おもむろに話します。

「鬼の俺には、あの世の地獄では、人間界で生じる惨劇の光景は超能力で見ることはできる。あの児童襲撃事件という惨劇は、俺にとっては豪華なショーだった。あの西や東の通路にごろごろ転がっていた子供たちの死体。その上を、スカートをめくって、またいで歩く女教師や仏教婦人。みな美しい女たちだった。彼女たちが、またぐのをそなたは、どう思う」

「どう思うといわれても、いっぱいあったら、誰だって、またぐしかないでしょう」

「サトリの俺も、さすがにまたぐ彼女たちの心はよめなかった。超能力で見ることはできても、地獄界と人間界では距離がありすぎるから、よむことはできない。だが、女性たちにまたがれていた子供たちの死体はどう思う」

「かわいそうよ。殺された上で、女性たちに」姫さまは、悶いたという顔をしました。興奮を隠せなくなっている鬼を見て、鬼出現の条件の性というものの意味を掴んだ様子でした。

「美しい女たちは、あの惨劇の場を華やかなものに変えていた。だが俺が一番度胆を抜かれた残酷な場面は、末の方の行為よ。末、すなわち皇女じゃが。この姫君はほんとそなたに瓜二つ。姫君は仏教婦人として、死体の供養をしていた。そのとき、スカートを下着がちらりと見えるまでめくっている姫に、欲情を覚えた中年の大尉が、だしぬけに姫に近づいてきた。その大尉は、姫のパンチラと脚に物凄い性的興奮を覚えていたため、心臓発作寸前のような状態になっていた。俺が不思議に思うのは、そんな男に、姫は怪訝な表情にはならず、心底心配していたこと。赤の他人をあそこまで心配するのは、俺の勘では、姫はその大尉に一目惚れをしていたからと、とれた。その大尉は四十歳にはなってはいるが、なかなかの美男子だからな」

「……」

「姫はその美男軍人が、今にも卒倒しそうな様子を心配し、まだ息のある少年の上をまたいだ。そのとき、スカートが広がり、白い下着が少年の目を射た。瀕死の少年にとって、猛烈なしげきだった。そのしげきがとどめとなり、少年は息をひきとった。そう。少年は姫にまたぎ殺されたのだ」

「ふふ」姫さまはふきだしました。

「そんな。子供がそんな色気づいてるなんて」

「いや」鬼はにたにた笑い、かぶりをふりました。

「子供といえども、十二歳だろ。十二といえば思春期に入ろうとする年齢。早熟な少年なら、色気づいてるよ。美しい女性のスカートのなかは、やはり、しげきとなるさ。俺の目に狂いはない。あの少年は、姫にまたぎ殺されたのだ」

「そんな、ばかな」

姫さまは目を吊り上げ、動揺の様子をかくせません。

みえた、と鬼はにんまりとしました。この女は動揺した。そのため、よみにくかったこの女の心があらわになった。もうこの女のことはすべて、おみとおしだ。うーむ。まさかとは思っていたが、この女が姫か。そんな目的が……。これで、おもしろくなった。

ショックをうけている姫さまは、庭に出ました。鳩が飛んでいます。この鳩は九条からの送り鳥でした。鳩の脚に手紙がつけられています。姫さまはそれをとりました。九条の聞き込みが、手紙に書かれています。

「やっぱり」と読み終えた姫さまは肩をすくめました。こっそりと姫さまが書いた手紙のほうには、鬼を出現させる三つ目の条件の謎をといたことが書かれてあるのですが。「この手紙を、楓さんにわたしてよいものか」

楓とは、今から一時間後に会う予定でした。

でも姫さまは、迷っているという表情でした。

「九条さんにそんな依頼を」沙織は休憩部屋で何故という顔で、姫さまを見ました。

「聖火さまの画策に、わたくしは最初から、ここのところにひっかかるものがあって」

姫さまは胸に手をやりながら喋ります。

「ひょっとすると、わたくし、間違ってるのかも」

「何がですか」

「九条さんからの手紙によれば、白虎隊を扇動した服部当摩は覆面を被っていたそうです」

「えっ」沙織は驚きました。

「扇動した男が、服部ならば、覆面など被る必要はありませぬ」

「でもそれは、己の醜い顔を少年たちにさらすのが服部なりに恥ずかしかったからでは」

「そんな」姫さまは沙織の浅はかな言葉に、眉をひそめましたが、

「まあ、このお話は後回しにしましょう。先生、あの児童襲撃事件が起きたとき、わたくしたち仏教婦人数十名は、高井士族小学校の道場に集結しました。そのとき、会長のわたくしは、全員に提案をだしました」

「どんな提案を」

「供養を行う場の西や東の通路は、るいるいたる子供たちの死体だらけという情報を聞いたわたくしは、どうせ血まみれの子供たちをまたぎながら供養のお仕事をしなければならないわ、と予想し、フレアスカートの士族服では邪魔と判断して動きやすい服の体操着を学校から借りて、それを着ましょうという提案を仏教婦人のみなさんにだしたのです。みんな同意しました。ところが、こんなときに、体操着が何故か、ぜんぶ紛失となっていましたの」

「……」沙織は絶句し、驚愕の顔をしたままになっていました。やっと口を開き、

「同じですわ。あたくしの場合と。あたくしたちも、日乃平民小学校の道場で小間使いのちえさんが、姫さまと同じ提案をだしてきて、みんな同意したけど、体操着が、ぜんぶ紛失になっておりま

した」

「やはり、そうですか」

「こんな偶然の紛失が二つも重なるなど」

「偶然ではなく、何者かが、事前に体操着を盗んだのです」

「でも、いったい何のために、その何者かは、体操着なんかを盗んだのですか？」

「スカートをはいた女性に、死体をまたがせるためです。地獄で見ている鬼が、スカートをはいた女性が死体をまたぐという行為に異様なまでの性的興奮を覚える者だからです。これにはスカートをはいていないと、鬼には何の意味もないのです。だから、何者かは、体操着を盗んだのです」

「はあ」沙織は、まくしたてた姫さまの話が理解できませんでした。

姫さまはかまわず、続けます。

「鬼を出現させる条件。一つ目は満月の夜、二つ目は閻魔の逆鱗。判らぬ三つ目の条件は何かについて、鬼は、わたくしに、ヒントを教えました。それは性、と」

「性？」

姫さまは、たとえあの世の地獄からでも鬼は、あの児童襲撃事件での子供たちのるいるいたる死体の山の光景を超能力で見ることができるというのを話しました。

「興奮を隠せずに喋る鬼を眺めてるうちにわたくしは、鬼の異常性癖に気づきました。女が死体をまたぐという行為に鬼は、性的興奮を覚えるということを知ったのです。その上で閃いたのです。

道場で体操着が紛失となっていた解せぬ出来事を思い出しての閃きでした。つまり、女が死体をまたぐのを鬼が見ても、スカートをはいていなくては、鬼には何の意味もないのでは、との推測がついたのです。そうだとすれば、何者かが事前に体操着を盗んだことが頷けます。盗む理由が明らかになるからです。盗んだ者は、鬼を出現させる三つ目の条件をあらかじめ知っていた、ということです」

「なるほど。三つ目の条件は、スカートをはいた女性が死体をまたぐのを鬼が見て性的興奮を覚えることですか」

「そう。それに多分、死体が子供でなければ、これまた意味がないものと思えます」

「子供でなければ」

「スカートの女性が子供の死体をまたぐのを見た鬼の性的興奮が最高潮にたっすることが、三つ目の条件なのです」

「でも」沙織は笑いました。

「信じられませぬ。そんな異常性癖の持ち主の存在など」

「確かに人間界ではおりません。でも、人ではなく、あの世の地獄の鬼ならば、その性癖が人間から見て、信じられないものであっても、おかしくはありませぬ」

「なるほど。なんにせよ。三つ目の条件は、わかりましたね。これで、鬼を出現させる条件は、すべて満たしておりますの？」

「いえ。まだ四つ目と五つ目が残ってると思います。でも、これらは聖火さまが、すでに最初から、ご承知のことと思います。わたくしには思い当たることがございまして」

「左様でございますか」沙織は嬉しそうに姫さまをみつめて。「では三つ目の条件のことは、手紙に書いて、それを楓さんに？」

「わたしました」姫さまは目を伏せ、唇をかみました。

「いまは後悔しておりますの。聖火さまに三つ目の条件を教えたことを」

「なぜでございますか」沙織は怪訝そうな表情になりました。

「わたくしは聖火さまの人柄は信頼しております。ただ、聖火さまと深いつながりがある人物に疑惑を抱いているのです。その人物に聖火さまは騙され、利用されてるのでは、と」

「何をわけのわからぬことを」

「聖火さまの計画には、裏があると思えます。わたくしたちは聖火さまに乗せられた。いや、聖火さまが自分とつながりがある人物に乗せられているのです。その人物が、鬼を出現させる条件を知ることを最優先に望んでいるのです。その人物こそが、あの児童襲撃事件の黒幕だからです。服部たち逆賊は、その黒幕とは、なんの関係もありません。服部たちは、白です」

「何ですって！　服部たちが潔白とは、何を」

姫さまは目くじらを立てる沙織から視線をそらし、続けます。

「黒幕は、鬼を出現させる条件をあの襲撃の前にすべて知っているつもりだった。実は、たった一つの肝心な点だけは知らず、間違っていたのです。間違った思い込みをした上で、鬼を出現させようと、満月の夜に襲撃を実行したものだから、望んでいなかった種類の鬼を出現させるはめになったのです」

「黒幕が望んでいなかった種類の鬼？」

「そう、鬼には、二種類の鬼が存在するのでは、と、わたくしには思えますの」

「ばかばかしい」沙織は嘆息しました。

「聖火さまを乗せる黒幕なんか存在しませんわ。服部ら逆賊が条件を知っていて、襲撃をやったまでございますよ」

「でも、服部は先生に、鬼を出現させる条件など、われわれは何も知らない、と申したのでしょう。白虎隊を扇動した覚えもない、と言ったのでしょう」

「ぜんぶ嘘です」沙織は大声を出しました。

「嘘にきまっておりますわ」

「先生にあんなに心を許してる服部が、先生に嘘をつくとは思えませんが」

「絶対に嘘です」沙織は言い張りました。

「服部は、偶然鬼を手に入れたのです。襲撃の黒幕が望んでいなかった種類の鬼を。最初に先生に申した、九条さんの手紙のこと。扇動した服部は覆面で顔を隠していたのです。この覆面が服部は白との状況証拠になります」

「そんなの証拠にはなりませんよ。服部と自分で名乗っていたのでしょ。服部でなければ、誰なんですか」沙織は語気を荒げていました。

「もちろんその覆面男は、黒幕の手先です」

「違います。服部は条件のことを知っていて、それで部下に体操着を盗ませたのです。鬼が二種類もいるなんて姫さまの妄想です」

「わたくしは、その線は消してもいいと思いますよ」姫さまは、いまやヒステリーの発作を起こす寸前にまでなってきた沙織を宥めようとしてか、何とも優しい口調で喋りだしました。その効力で沙織が幾らか落ちついた様子を見定めてから、話します。

「わたくし達を、この逆賊の内部に潜入させ、いろいろな情報をえたがる黒幕や聖火さまは実は、鬼を出す条件の一つ目や二つ目のことも最初から知っているのです。だから本当に知りたいのは、三つ目の条件に関わっている、たった一つの肝心な点です。この一点だけを知らず、間違った行為を女性にやらせたから、黒幕は襲撃をやっても、望んでいなかった種類の鬼を出現させるはめになった。ですから望んでいる種類の鬼を出現させるため、その一点をとくことをわたくし達にやらせるのです。実はその肝心な一点のことですが、鬼と話していたとき、わたくしが、鬼の異常性癖を見抜いたその直後に鬼は、わたくしに教えてくれました。それは、反対と。鬼の性癖には、この反対という言葉が関わるのです」

「反対？」

「その言葉も手紙に書いて、楓さんにわたしてしまいました」姫さまは痛恨の表情を見せました。

「この言葉の意味するものを、黒幕たちは、理解することでしょう」

聖火さまが、自らとつながりがある黒幕に、騙され、利用されてる。そして服部が、児童襲撃のことについては、白。そんなばかな。沙織は姫さまの言い分をすべて否定しました。

彼女は一度信じたことは、譲らない性格なのです。冷めた目で姫さまをみつめて、

「姫さまの目的が判りました。貴女さまが聖火さまの画策に乗ったのは、夫の仇討ちなんかじゃなく、最初から聖火さまを疑り、画策の真偽を確かめ、探りをいれるためだったのですね。あいにくあたくしは、この画策に裏があるなど信じません。あの服部どもを生かしておくのは世の中にとってよくないことです」

「確かにそのとおりですが、服部たちを抹殺することが、日本を最悪の事態に導くことに」

「服部どもを生かしておくことが、最悪のことですよ」とそっけなく答えてから沙織は、ぎょっとし、人間離れした形相で姫さまを睨みました。

「まさか姫さまは、またしてもあたくしを裏切るおつもりでは。白虎隊に情けをかけたときのように、服部どもの命を奪うのは慈悲深い仏が望まぬことだなんて考えで」

「絶対に洩らす気はございません。そんなことしたら先生のお命にかかわりますもの。ただ政府の人たちの多くを失い、その上で、ロシアとの戦争の危機が迫ってる今の日本において最適なことをするのとは違うと思います。この悪化した情勢に乗じて、勢力を拡大させている信仰組織、仏教道

の動向は要注意です」

「世が乱れると人々はすがるものを求めるもの。それにつけこみ、唐突に台頭するような信仰組織など何ら珍しいものではありません」

「仏教道は、ただの信仰組織ではないわ！」

姫さまは大声を出しました。

「仏教道は一朝一夕で結成された組織ではございません。すでに幕末の時点で、この組織は存在していて、維新以後、水面下で勢力を拡大させる機会を窺っていた、恐ろしい組織です。そして、いまこの信仰組織の後ろで、大きな手が動いてる、と思えます」

「その手の主が、児童襲撃事件の黒幕とおっしゃられるのですか。いったいその黒幕とは誰だと、貴女さまは推測してるのですか？」

「あえて申して、征夷大将軍の謙信さまです」

「そんな」沙織はふきだしました。

「いえ、ご無礼を。ですが、こともあろうに。あの廃人も同然のいまの上さまに何ができるのです」

「あのお方は廃人を装ってるだけです。仏教道は絶対に、庶民の味方なんかじゃございません。この仏教道は黒幕の上さまがつくった組織です。上さまが黒幕ならば、聖火さまと関連するでしょう。夫婦ですもの」

「姫さまの申されることは万事が憶測や推測ではございませんか。確かな証拠もなしに」

沙織は姫さまを睨み据え、言い切ります。

「あたくしの考えてることは、ただ服部ども、鬼畜生を抹殺することだけです。復讐しか、あたくしの頭にはありませぬ」


鬼の寝室に入った姫さまに、椅子に座った鬼が喋りました。

「なあ、あの沢田大尉という男は、四十歳にはなっているものの、なかなかの美男子だな。あのとき、そなたは沢田に身分違いの一目惚れの感情を覚えていたか」

「はあ」姫さまはどきりとした表情をしました。

「何のことやら。あたしは、沢田という人とは、一度も会ったことはありません」

「もう芝居はしなくてもいいぞ。さや、いや天皇の皇女の末の方よ」

「！……」

「ふふ。しょせんそなたも、人の子よ。あの瀕死の子供をまたぎ殺したという俺の言葉に動揺したばかりに心があらわになった。もう、そなたの何もかもは、すべておみとおしだ」

鬼は嘆息しました。

「仏に心をあずけるか。そなた、死人を見ることがよほど辛いとみえる。その辛さを消そうと、この俺でさえ、よみにくくなるまで仏に心をあずけるようになったのか」

「……」

料金受取人払郵便

新宿局承認

3971

差出有効期間
2022年7月
31日まで
（切手不要）

郵便はがき

1608791

141

東京都新宿区新宿1－10－1
(株)文芸社
愛読者カード係 行

ふりがな お名前			明治 大正 昭和 平成 年生 歳	
ふりがな ご住所	□□□-□□□□			性別 男・女
お電話 番 号	（書籍ご注文の際に必要です）	ご職業		
E-mail				
ご購読雑誌（複数可）			ご購読新聞 新聞	

最近読んでおもしろかった本や今後、とりあげてほしいテーマをお教えください。

ご自分の研究成果や経験、お考え等を出版してみたいというお気持ちはありますか。

ある　　ない　　内容・テーマ（　　　　　　　　　　　　　）

現在完成した作品をお持ちですか。

ある　　ない　　ジャンル・原稿量（　　　　　　　　　　　　）

書　名			
お買上 書　店	都道 府県　　　　市区 郡	書店名 ご購入日	書店 年　　月　　日

本書をどこでお知りになりましたか?

1.書店店頭　2.知人にすすめられて　3.インターネット(サイト名　　　　　)

4.DMハガキ　5.広告、記事を見て(新聞、雑誌名　　　　　)

上の質問に関連して、ご購入の決め手となったのは?

1.タイトル　2.著者　3.内容　4.カバーデザイン　5.帯

その他ご自由にお書きください。

(　　　　　　　　　　)

本書についてのご意見、ご感想をお聞かせください。

①内容について

②カバー、タイトル、帯について

弊社Webサイトからもご意見、ご感想をお寄せいただけます。

ご協力ありがとうございました。

※お寄せいただいたご意見、ご感想は新聞広告等で匿名にて使わせていただくことがあります。

※お客様の個人情報は、小社からの連絡のみに使用します。社外に提供することは一切ありません。

■書籍のご注文は、お近くの書店または、ブックサービス(0120-29-9625)、セブンネットショッピング(http://7net.omni7.jp/)にお申し込み下さい。

「それほど、仏教婦人として数えきれぬ死人を見てきたか」

鬼は、観念した面持ちで畳の上に品よく座っている姫さまを眺め、

「まただ殺したというあの話を聞いていたそなたは、人間の感覚からは、異常と思える俺の性癖に気づいた。スカートをはいた女が子供の死体をまたぐことに、俺の興奮が最高潮にたっすること。これが俺を人間界に出現させる三つ目の条件。俺はこのことをそなたが感知したと判断した。その褒美に、この性癖に関わる言葉を教えた。それが、反対だ。この言葉の意味するところは、そなたなら、だいたい見当がつけられるよな」

「……」

「そなたの推測どおり、地獄の鬼には二種類の鬼がいる。それは、赤鬼と青鬼よ。俺は赤鬼だ。児童襲撃事件の黒幕が望んでいなかった赤鬼。黒幕は望んでいた青鬼を出現させるには必要不可欠の、たった一つの肝心な点だけは知らなかった。それを知らずに事をなした故に、青鬼ではなく、赤鬼の俺を出現させるはめになった。いったいその肝心な点とは何か。それが三つ目の条件の性癖に関わる反対という言葉。この言葉をそなたは手紙に書いて、聖火に知らせてしまった。これで聖火の後ろにいる黒幕も、青鬼を出現させる方法をすべてえることとなった」

鬼の長広舌に、姫さまは落ち込んだ様子を見せ、顔色は蒼白になっていました。

「聖火たちの言った、閻魔が稀にみる悪行をした者たちを成敗させるために鬼をこの世に送りこむというのは、真っ赤な嘘よ。俺たちは、閻魔の命令などには従わない。そんな嘘で、そなたたちを

乗せた者たちは、青鬼を出現させる条件を今度こそ、すべて知った上で、毒殺作戦を実施に移そうとしている。これは大変なことだ。すぐに服部どのに、報告しなければならない」鬼は、冷汗を流している姫さまをみつめて笑いました。

「冗談だ。安心しろ、俺は奴らに暴露する気はない。俺は服部のしもべなんかじゃないからな。俺はただおもしろければそれでいいのだ。地獄で亡者どもを責めることに飽きた俺は、人間界で楽しむチャンスを待っていた。あの満月の夜、閻魔の逆鱗、その次の条件である性的興奮。だが、これが赤鬼の俺と青鬼とでは性癖が反対なのだ。そなたが襲撃の黒幕と目星をつけた将軍の謙信は、その肝心な一点だけは知らず、てっきり、スカートの女が子供の死体をまたげば、青鬼を出せると間違った思い込みをし、そういった青鬼の性癖とは、反対の行為を狙ったものだから、望んでいなかった赤鬼の俺を出すはめになったのだ。もっとも本当にあんな廃人将軍が黒幕なのか。俺は違うと思うが。そなたの妄想ではないのか。ま、それはともかく俺のほうは、そなたが、子供をまたぎ殺したとき、性的興奮は、最高潮にたっし、そのときにこの人間界に出現できた。服部の部下の大道寺天魔と、同化してやったのは俺の気まぐれよ。ちょうど、政府軍第三軍一万五千名と服部の賊軍三千名が、戦っていた。賊軍は、戦力に大差をつけられていながら、ねばっていた。服部の巧妙な策は、あれほどの戦力的な不利をしばらくはくつがえしていた。俺は服部の戦術に感銘し、服部の味方になる気になり、天魔と同化してやった。俺が加勢しなければ、いずれは賊軍は負けてたはずよ。俺が第三軍を壊滅させた。第三軍の将はそなたの夫。彼は責任をとり、自害した。そなたの夫を死においやったのは、この俺だ」

「……」

「それなのに」鬼は姫さまの目を直視しました。「そなたは何故、そんな目で俺を見る。これまでも。そして今もそなたの目には、俺への恨みの光はみじんも宿っていない。ただ哀しい目だ。なぜ俺を恨まないのか」

「何事も前世の宿縁ですから」

「ふーん。まあいい。話を変えよう。そなたは日本のため、と聖火の画策に乗せられた。この画策を天命と思い込もうとし、おしすすめようとした。だが、そなたには聖火への疑惑もあった。その疑惑が、計画どおりに行動しながらも、真偽を確かめ、探りをいれるという行動につながった。それでも聖火を信じたい気持ちや、聖火を利用する黒幕の存在を否定したい気持ちが強すぎたのと、俺から、またぎ殺したと言われたことへの動揺などのせいで、せっかく九条からの手紙で覆す事実を知りながらも、魔が差したように、楓とかいう女に、青鬼を出現させるために必要な肝心な一つの問題点の回答も書いてしまった手紙をわたした。その後だね。そなたが冷静にじっくり思惟して、疑惑が正しかったことを確信したのは」

「後悔しました。なんとまぬけな」

「動揺を含めていろいろな思いから、そなたは、どうかしていたのだよ」鬼は真剣な表情をして、

「青鬼は俺とは違うぞ。奴は己を出現させてくれた人間の忠実なしもべとなる」

「何ですって！」

「地獄においては閻魔の命令など従わない青鬼だが、奴の場合は人間界に現れたときにその人格は豹変するのだ」

「黒幕たちのしもべとなる。どうしましょう」

「どうもこうも」鬼というより、赤鬼は、とりみだす前兆すら、この人らしくなく見せはじめた姫さまを眺めながら立ち上がり、「ま、そなたは俺を十分に楽しませてくれた。その褒美に、そなたをある秘境につれていってやろう。その秘境は、この世とは次元の異なる四次元的世界よ。そこで、そなたなりに青鬼が現れた場合にそなえての対策をねるがよい」

「四次元的世界に存在する秘境？」


隠れ家の尼寺で聖火は己の計画に働いてもらう、諜報員数十名に満面の笑みを見せていました。

「青鬼を出す、三つ目の条件でただ一つの問題点だけは知らなかったが、この点が今や知れて、上さまは喜んでおられた。一つ目や二つ目。そして四つ目や五つ目の条件については、徳川家の者なら最初から承知のことだからな。上さまは、おっしゃられた。

青鬼を出現させる条件をすべて知れば、この世に鬼を出現させる凶事は防ぐことができる、と。服部たちを成敗し、上さまの仏教道が日本を平和で万民平等の仏の国へと導くのだ。そのための毒殺作戦じゃが、首尾に手落ちはないだろうな」

「はい」諜報員の頭領が頷きました。
「沙織さまが服部の口からえた情報どおり、間違いなく愛知県のY町で密かにある工場で、ピリ辛チャーハンはつくられておりました。その工場に我らの配下の者が三名、従業員を装い、潜入し、ぬかりなく同じ巨大な釜にあったチャーハンに毒をもる任務はすでに完了です」
「うむ。後はその毒入りチャーハンを明日、服部ら逆賊の首脳どもが食べる、か。その食卓会に沙織どのも加わるが、彼女だけは毒を食べても無事でいられる、と。姫もいい考えを思いついたものじゃ」

名古屋市郊外にある服部当摩たち逆賊の御殿の食卓会に出されるピリ辛チャーハンが届きました。二時間後、逆賊の首脳たちの食卓会がひらかれる予定でした。その前に、毒味部屋で毒味がかりの三人の男が、毒味を終え、「異状はありません」と仲間の者に伝えました。毒味をしたこの三人の命は、一日たてば絶たれるのです。

こんなに早く本懐がとげられるとは、と沙織は椅子に座り、大きなテーブルの上に乗せられた皿にあるピリ辛チャーハンを見たときには内心、万感の思いに胸を躍らせたものでした。数十名の逆賊の首脳たちが椅子に座るなり、九州の大物不平士族の将松平五右衛門は、沙織を一瞥して服部に言いました。

「この食卓会は祝いの前に、われわれの将来を語り合う場でごわす。なのに女を加えるとは、どういう了見でごわすか」

「松平、そうかたいこと申すな。この娘は余の女房がわりじゃ。遠慮するこの娘を、余が強引につっこくこの会に誘ったのだ。余は、この女と、どんなときにでも一緒でなければ、何もできなくなったのじゃ。それほど余は、このあやめに惚れておる」

　ぞわーと沙織の全身に悪寒が走りました。

「女がいるとな」

「まあまあ松平どの」服部の側近の今井が加勢します。「この娘は、何も判らぬ平民ふぜい。気にすることはありませぬよ」今井の言葉に全員が、ま、いいか、という表情になりました。

　服部が口火をきりました。

「世間ではわれわれのことは、逆賊と、そしられてるが、それは結構なことじゃ。天下さえとってしまえば、評判など知ったことではない。ただこの余の申す、天下とりだが、みなも承知と思うが、余の野望は日本だけにとどまりはしない。世界征服こそが、われわれの天下とりじゃ」

　首脳たちは、おうと叫び、それぞれが熱っぽく意見を出しあいました。彼らは熱弁をふるいながら、ピリ辛チャーハンを食べていました。

　毒がもられてるとは知らずに、と沙織は内心ではほくそ笑んでいます。あたくしだけは、毒を食べても死なない。でもこの鬼畜生どもは、全員死んでくれる。沙織は復讐をはたせた嬉しさに、毒入りチャーハンが、生まれてこのかた食べた、どんな料理よりも、おいしく感じられていました。

服部当摩の寝室の時計の針を見て、沙織はにんまりとしました。食卓会から、まる一日たとうとしているのです。後わずか十分たらずで、服部たちの体内に入っている猛毒の効き目があらわれるのです。政府を転覆させ、勢力を拡大させる一方の逆賊も、数十名の首脳……首領の服部当摩。これらの頭を失っては、残りの手足どもは、烏合の衆と化すのです。沙織の胸は躍り、興奮も隠せません。

まだ何も知らない服部はいつものごとく、ベッドで求めてきました。

「さわらないでくださいませ、汚らわしい」

沙織の声は、残酷なまでの冷ややかさがありました。

「どうした、あやめ」沙織の豹変の様子に、服部は面食らい、表情をくもらせました。

「ほほほほ。あたくしはこれまで鬼畜生の貴方に抱かれるのに、ひたすら我慢の演技を続けてまいりました。でも、もはや我慢などする必要はございませんの」

「何を申しておる！」

怒鳴る服部を睨み、沙織は凄惨な微笑をうかべました。

「なぜなら、貴方の命はもう一分もたたぬうちに尽き果てますもの」

「何だと！」服部は目を剥きました。やがて、毒がきいて苦しみだします。

「ぐぐっ！　ぐぐおっ。ぐわっ！　こ、これは、毒が！」

沙織は、脂汗をおびただしく流しはじめた服部を恨みのこもった目で直視し、喋りました。

「そう。食卓会に出されたチャーハンには、猛毒が入っていたのよ」

「くそ。しかし、そちもそのチャーハンを食った。あのチャーハンは同じ釜のめしなのに」

「ほほほほほ。あたくしだけは毒を食べても無事なのです。もっともこう申せば変ですね。あたくしは毒など食べていませんもの。ごはんには毒はもられてはおりませんでした。毒が入っていたのは、チャーハンにはつきものの、これよ」沙織はポケットからビニール袋を取り出し、服部に示しました。袋の中には、グリンピースが十三個入っています。「毒が注入されてたのは、このグリンピースの中。お前たちは熱弁に夢中になってたから、気づかなかったでしょうが、あたくしは食べながらもこれをこっそりと、この袋の中に入れていたのよ」

「そ、そちは！　……ぐわっつ。ぐおおぐぐ！」服部は倒れました。

苦悶にのたうち回る服部に沙織は心底からの満足感に満たされました。

「苦しみもだえるがいい。お前たちに殺された子供たちも、ひとりひとりが苦痛を味わったのよ」

「ち、違う。あの児童襲撃を命じたのは、俺たちではない！」

「嘘をつくではない！」とわめいた後沙織は、はっとしました。死が定まっているこのごにおよんで、嘘などつくものでしょうか。いや、と打消し、嘘と決めつけます。

それから数十分後には、御殿中が大騒ぎとなりました。

「服部さまも首脳たちも、みんな毒殺された。グリンピースに毒が入ってたとは！」服部に仕えてきた、じいが悲痛な叫び声をだしました。「あやめという女にしてやられた。何者じゃ、あの女は……殺せ、あの女を！」

「それが、逃げ失せられました」

「くそ！」

「逃げ失せたのは、あやめだけではありませぬ。松平五右衛門もです」

「何だと、なぜあの男が生きてる。あやめとぐるでグリンピースを食わなかったのか」

「そのようです。松平とあやめの後ろで大きな手が動いていたと思えます」

「すると、鬼の相手役のさやとか申す女も……くそ、あの女は、末の方だ！」

「まさか！　それは……」

「間違いない。末の方よ。末はどうした」

「それが、鬼と共に行方をくらましました」


この世とは次元の異なる四次元的世界の秘境は、ファンタジックなムードのなか、美しい自然の光景が無限に広がるところでした。

「末、何とも気持ちのいい秘境だろう。赤鬼の俺は、この世界に入れる能力があるから別だが、人間はよほどきれいな心をもった者でしか、絶対に入れない。仏の慈悲をうける資格のある心をした人間のみが、この世界に死後、住めるのだ」

いろいろな動物たちが見受けられました。

ライオンやトラなどの肉食動物。シカやシマウマなどの草食動物。それらの動物たちは、みんなが種を超えた友情で結ばれ、微笑ましいまで、仲良くしていました。

赤鬼は説明します。

「この秘境は動物の霊界でもある。ここでは、ものを食べる必要はない。したがって弱肉強食などありえぬ。人間よりも動物のほうが、ずっと仏の慈悲をうける資格を持ってる。よく動物を畜生というが、畜生界へおちるのは人間だけよ。動物の魂は、清らかなものだ」

「左様でございましょうね。わかります」

世にも美しい楽園に心が満たされ、歩いて数十分で赤鬼は姫さまの心をみすかし喋ります。

「どうだ。このすべてが満たされる楽園に永久に住みたい心もちになっていよう。ここに比べれば、人間界など地獄のようなところよ」

「でも、人の姿は見当たりませぬが」

「人の姿をした者なら、ひとりあそこに住んでる」赤鬼は、山の中にある自然洞窟を指しました。

この明るい楽園のなかでそこだけは、重いムードが伝わってくるのでした。

赤鬼と姫さまは洞窟内に入りました。一人の不思議な雰囲気をした老人がむしろの上に座っていました。

「おう赤鬼か。鬼と会うのは千年ぶりじゃ。それにしても、そちは何故、人間の皮をかぶってるのじゃ？」

「人間界で楽しむため、大道寺天魔という者と同化したのだ」

「人間界のことは、わしは興味がない。ただ、人間界でこの世界に入ることができる人間には興味がある。そなたは」

「末と申します」姫さまは頭をさげました。

「末。そうか。そなたが日本の天皇の皇女。そして仏教婦人の会長。そなたのことなら、わしも少しは知ってる。わしの名は、仏じゃ」

「仏さま？」

「いや、そなたが毎日崇めてる仏とは違うぞ」

「実はな、仏よ」赤鬼はすべての事情を話しました。

「そうか」仏は聞き終えると、眉間にしわをよせました。

「それは大事じゃな。天下とりのはかりごとをめぐらす者たちが、あの青鬼を人間界に」

「困ったことだ。青鬼はマジで恐ろしい奴だからな。俺が可愛くみえるまで」

「うむ。人間界に現れた青鬼は、そなたのように人間と融合する必要はない。ゴジラなみの巨大な姿のまま現れる。それが、出現させた者の忠実な犬となる」仏は立ち上がり、長い刀の柄を握りました。

「たとえ世界中の軍隊が総がかりでも青鬼は倒せない。青鬼さえ手に入れれば、青鬼の力で世の中を思いどおりに動かすことなど容易い。だが、その青鬼を倒すカギはある。それが、この聖剣よ」

「なんだその刀は」赤鬼は目を丸めました。

「赤鬼よ。そなた、この聖剣が持てるか」

「何。たわけたことを。俺のパワーをもってして持てぬものが存在するか。ましてこんな妙な刀なんぞ」しかしその赤鬼が動かすことができません。「何という重さだ。そんなばかな。この俺に重くて持てないものが存在するとは、そんなばかな！」

「では、姫君、そなたが持ってみるがいい」

「はあ」姫さまはいささか唖然としました。

「そんな。赤鬼どのでさえも持てないほどの重量物をどうして、わたくしが」

「いいから、握って持ってみよ」

姫さまは聖剣とやらの柄を握りました。すると、不思議にも軽々と持てるのです。

「少しも重くはありませぬ」

「ばかな！」赤鬼は愕然としました。

「俺が持てぬものを、どうして、か弱い末が！」

「その聖剣は、力で持つものじゃない。わしのつくったその聖剣は、魂のこもった生き物よ。聖剣が自分の主にふさわしいと姫君を選んだのじゃ。だから姫には持てた。怒り憎しみ恨み嫉妬などの感情とは無縁の清い心をした聖者の姫にしか持てぬしろものよ」

姫さまは肩をすくめました。「でもあいにく、こんな人切り包丁は、わたくしには縁のないものでございますよ」

「その聖剣は、人を斬るための道具ではない」

「じゃあ、ゴジラのように巨大な青鬼を斬るための刀だというのか」と赤鬼。

「それも違う。この聖剣は、真実の愛で最も尊いものをあやつるための道具よ」


赤鬼と姫さまは洞窟を出て、密林の中で話をしました。姫さまは、鞘に入れた聖剣を背中に負っていました。彼女には似合いません。

「あのじじいの心はよめなかった。言うこともどうも判らぬ。だが、その聖剣とやらが、青鬼を退治するカギを握っているということは確かだ。ま、そんなことよりも、そなたが、考えてることは、あの沢田大尉のことだな」

「いえ。そんな」

「ふふ。そなたの心はもう、よめると言ったよね。まあいい。俺はそろそろあの世の地獄に戻るよ。そなたを元の人間界に戻してから」

「えっ」姫さまは動じました。

「別れを惜しんでくれるか。だが俺は、そなたのおかげで人間界で十分楽しんだ。大満足すると、人間界にはいられなくなるのだ。青鬼は違うがな。地獄に戻っても、俺は忘れないぞ。そなたのような風変りな女が人間界にいたことをな」

関東歩兵第四連隊の庁舎を窺いながら練兵場で休憩中の何百という兵士たちは、噂話をはずませていました。逆賊の服部当摩ら首脳たちが、毒殺された事件の話も話題になりましたが、それよりも、逆賊に代わり、日本中に勢力を拡大させている信仰組織仏教道に関する話がひっきりなしです。

「ふん。兵たちも判ってるようだな」黒木少佐は、窓を離れて元の席に戻って座りました。

「ロシアとの戦争の危機が迫ってるというときによりによって、政府や軍の首脳を失った。総理大臣も金子元帥も暗殺された。その暗殺をやり、天下をとろうとした逆賊どもも首脳を失い、奴らは烏合の衆と化した。政府も逆賊も共に、頭をすべて失った。この上で、日本をとりまく世界の情勢は日増しに緊迫の度をくわえ、日本は激動の時をむかえてる。これに乗じて物凄いスピードで日本中に勢力を拡大させていく仏教道。この謎の信仰組織は、大衆の味方なんぞではなく、この日本を支配しようとしてるのだ。すでに財界や軍隊の中枢に属する者たちは次々と仏教道と結託していると聞く。そう仏教道は、今や中枢にまで浸透してるのだ。瞬く間のうちに。この仏教道のうしろでは、大きな手が動いてる、と私には思える。その手の主は……」

「大隊長どのは、われわれも、いまにその大きな手の主に懐柔されるかもしれない、と言われるのですか」沢田大尉は、黒木少佐の長広舌に不安を覚えていました。

「先のことはわからん。ただ天下とりを狙うほどの権力の前では、われわれ個々の力など、あまりにも無力ということだ」

仏教道が、頭を失った全軍隊を懐柔しようとしているだと。もしそうだとしても俺に何ができる、と沢田大尉は不穏な動きをみせるものから、逃げ腰の心中でした。彼は臆病で気の小さい性格です。現実逃避をする彼が、毎日寝ても覚めても考えていることは、あの姫さまのことばかり。思いは増すばかりで、もう一度会いたいと切望していました。これまでの人生に恋多き沢田でしたが、あんなに激しい恋は初めてでした。家に帰宅する彼の足取りは重く、わずらい続けています。

悩む沢田の前に、サングラスをかけた士族服の女性が現れました。彼女は、沢田に近づくなり、貴方を待っておりましたの、と声をかけてきたのです。

その妖しい女性が何故か背に太刀を負っているのが不思議に沢田には思えても、凝視するとそれどころではないことに気づいて沢田の声は裏返ります。

「まさか、貴女さまは！」

「わたくしでございます」姫さまはサングラスをはずしました。

「姫さま！」沢田は嬉しさと驚きに頭が混乱しました。「どうして貴女さまともあろうお方が、こんなところで、私なんぞに！」

「貴方に会いたくて仕方なく、とうとう我慢できず」と姫さまは言葉をきり、ぽっと可憐に頬を染めました。

「そんな」沢田は突然の姫さまの告白に戸惑いました。皇女ともあろうお方が、どうして俺ごとき者に、と思いました。でもやがてはあの惨劇の夜のあのとき、赤の他人の俺をあんなに心配してくれた姫さまは、ひょっとしたら俺に恋心をなどと考えたが、そのときの勘に狂いはなかったのでは、と沢田は自惚れから都合よく思い始めたことを確信を持つまでにいたらせたのでした。なんせ俺は凄い美男子で、これまでいろいろな女にもてて仕方がなかったのだ、と自分の魅力を過信する程度の高い沢田は、身分の違いを思慮するより、盲目な恋にばかになって、姫さまは俺に一目惚れしたのだ、と思い込んでしまったのです。

沢田には妻子がいました。でもそんなのは頭から消えていました。そのあげく、沢田と姫さまは情事のため、ホテルに入ってしまったのでした。


「聖火、ようやってくれた」征夷大将軍徳川謙信は、正室の聖火に感謝しました。

「そちの画策のおかげで逆賊の首領たちの頭を殺し、残る手足を烏合の衆にすることができた。何より、青鬼を出現させる条件を完全に把握できた。政府や軍の首脳たちの息の根もとめてやれたし」

「えっ！」黙って聞いていた聖火は、ぎょっとした目で謙信を見ました。

「上さま、政府や軍の首脳を暗殺したのは、逆賊の殺し屋のしたことでは……」

「手を汚したのは逆賊のかっていた殺し屋だったが、余の命令で、服部と偽りの結託をしてくれた、ここにいる松平五右衛門が、服部をそそのかし、服部に、政府や軍の首脳どもを暗殺する気にさせたのだ」

「そう。何事も上さまの思惑どおりでごわす」

松平が口をはさみました。

「余の思いのまま動く仏教道が大衆も軍も懐柔する。余が天下をとるためには、政府や軍の首脳の者たちは逆賊同様、邪魔者だからな」

「上さまの計画では、頭を失い、手足だけになった烏合の衆の逆賊も、いずれは懐柔し、上さまに従わせる予定でごわすな」

「上さま」聖火は悄然としていました。

「そちは余の計画どおりに事を進めてくれた。姫と沙織を潜入させ、三つ目の条件の肝心な一点を知ることができたのが収穫じゃ。毒殺作戦に必要な情報をえることとは、この松平に担ってもらってもよかったが。あの服部は、男には心を開かず、どこでチャーハンがつくられるのかなどは松平には教えてくれなかった。だからあの沙織という保険が役にたったのう。余の計画のためにやったその計画は成功し、終わった。しかし余の計画は、これからが、正念場よ。余のしもべにするため、青鬼を出現させる」

「上さま！」聖火は叫びました。

「あの言葉は、真っ赤な嘘なのですか。上さまがおっしゃられた、その青鬼を出現させる三つ目の条件の中で、ただひとつだけ知らなかった点さえ把握できれば、この世に鬼が出てくる凶事は防ぐことができるというあの言葉は！」

「そう。そちを乗せるためについた嘘じゃ」謙信は冷笑をうかべ、喋ります。

「余の計画で最重要なことは、青鬼を出現させることにつきる」

「なりませぬ。青鬼なんぞをこの世に……」

言葉を切った聖火の顔は絶望の色をにじませていました。

「上さま。あの千七百名もの幼い命を奪った児童襲撃事件の黒幕は、貴方さまでございますか。服部ら逆賊は白で」

「そうよ。あのときは三つ目の条件の中で一点だけ知らずに間違って反対のことを狙った故に、赤鬼なんぞを出す失敗をしたがな」

「今度こそ、青鬼を出現させることができるでごわす。それもこれも聖火さまのおかげ」

「うむ。生贄にする平民の子供たちは、今度は少な目の二十六名じゃが」

「上さま！」聖火は悲痛な声でわめきます。

「貴方さまは、千七百名もの幼い命を奪っておきながら、その上でまた、子供たちを犠牲にしようというのですか。天下人となることがそれほど大事なことですか。しかも多くの幼い命を奪うことには、何の大義名分もありえませぬ！」

「大義名分なら十分じゃ」謙信は胸をはります。

「青鬼は出現させた余のしもべとなる。余の意のままに動く。したがって、青鬼さえ、手に入れれば、この日本を外国の侵略に脅かされる心配もなく、軍隊もいらない、平和で万民平等の仏の国にすることができるのだ。この尊い目的のためなら、平民のガキどもなど、たとえ何万人犠牲にしても正当化できる」

「なりませぬ、絶対に！」と怒鳴ってから聖火は意を決した表情になり、短刀を抜きました。いま謙信のほうは丸腰です。

「これ以上、罪なき子供たちの血を流す非道は、この私が絶対に許しません！」

謙信は青ざめました。

「そちは、このわしを殺す気か。あの関東戦争の直前、逆賊どもに殺されかけたそちを余は手の者に命じ救った。その命の恩人の余を殺そうとするのか！」

人として幼い命を守ろうとする聖火にためらいはなく、必死の形相で謙信に迫り、刀をふり上げました。「死んでください！」

グサッ、という突き刺す音がし、鮮血がおびただしく噴出しました。その血は、聖火の血でした。松平が刀で聖火を斬ったのです。

後ろから斬られた聖火は俯せに倒れ、怨嗟の目で謙信を見据え、苦しい息の下で喋ります。

「私はこれまで、親の愛も肉親の愛も知らない愛情乞食でした。せめて夫の貴方には愛されたいとその思いの一心であの間違ってた画策を。ですが貴方は、人の心を持たない、鬼……」

「ばかな女よ」謙信は、ことされた聖火を冷たく眺めます。「余と志を同じくすれば、余に愛されていたものを」

松平が刀を鞘に入れながら言います。

「四つ目の条件は血の量。最後の五つ目は、徳川家に代々つたわる宝物の地獄の聖剣でごわすな。その聖剣に関することでごわすが、実はあの赤鬼の奴が、姫君に、魂の聖剣を」

皇居の江戸城で日本の進路を決める御前会議をひかえ、姫さまは父の報徳天皇に代役を頼まれました。天皇は寝たきりとなり、ベッドに横になって喋ります。「すまんのう、末。あんな辛いスパイの名代をさせた上で。だが私が御前会議に出たところで、もう私には何の知恵もない。私は今やボケ老人。しかしながら、そなたなら、良い考えがあるだろう」

姫さまは無言で父をみつめました。

「ふん。親子だ。そなたの考えてることがわからぬわけはない。そなたにはロシアに対しても、いい対策があろう。御前会議に集まる政府や軍の首脳たちは、暗殺された者たちに代わって俄に要職についた者たち。率直に申して全員、でくのぼう揃い。だがむしろでくのほうが、そなたにはあつかいやすかろう」

「わかりました。父上さまの代役つとめさせていただきます」

「末、話を変えて、ここのところ、世間では妙な噂があるのを耳に入れた。そなたがある軍人と恋におち、密かに情事に夢中になってしまってるというおかしな噂」

姫さまはぎょっとし、やがて頬を染めました。

「まさか。わたくしが」

姫さまの表情を見ていなかった天皇は高笑いしました。

「わかってる。そなたがそんなふしだらな娘ではないということは、父である私が誰より知ってる。だからこそ何故そんな荒唐無稽な噂が、どこから出てくるのかと。これを不思議に思ってるのだ。もしやその噂に出る姫とは、あのねねのことかな」

「そんな」ねねという女性こそが、姫さまが逆賊の内部に潜入していたあいだ、姫さまの影をつとめていた女性です。

「間違いない。ねねのしてる情事だよ」天皇は見当違いをしていました。「また話を変え、このところそなたが、つねに抱えてるその刀は何だ。いわくのありそうな刀だが、そんなものは可憐なそなたには、ぜんぜん似合わないのでな、やけに気になる」

「この聖剣を携行してるのは、この魂の聖剣と親睦を深めるためですの。なぜそんな必要があるのかは、今は申せませぬ。いずれ近いうちに事情を説明いたします」

「それまで、私が生きていられるかなあ」

御前会議が始まりました。天皇の席に姫さまが座ったときには、彼女の自然に備わっている威厳や高貴な香りは、俄に政府の要職についた十名を圧倒させるに十分でした。誰もが緊張した面持ちとなりました。でも姫さまがものやわらかに喋りだすと、その物腰は決して高慢さはなく、雰囲気にも温かみがあるため、十名はすぐに緊張をとくことができ、心をなごまされていきました。

　姫さまは話し続けています。

「このままでは。現状に甘んじて推理するとすれば、シベリアの鉄道は複線化されて、ヨーロッパにあるロシアの正規軍百万が、たちどころに満州、朝鮮に殺到することになります。そうなっては、もはや戦争にも勝負にもなりません」

「だからやるなら今、とおっしゃられるのですね」とにわか元帥が言いました。

　姫さまは首をふりました。

「戦争は絶対にしてはなりませぬ」

「しかしさっき姫さまは、ロシアの正規軍百万がたちどころに満州や朝鮮に殺到する、と」

「でも打開策があるでしょう。三日前、ロシア政府が日露同盟を要望してきたことは、みなさんもご存じのはず。ロシアとしては、日本のような資源も何もない小さな島国を侵略したとして、たいして得をすることはないのです。戦争をするよりも同盟を結んだほうが、得策との思惑があるのです。このロシアの思惑に乗るべきです」

「それはまずいと思います」にわか外務大臣が進言します。

「だって、一週間前に日本は、アメリカとイギリスとの三国同盟を結ぶ約束をしているんです」

「その約束は、ほごにしなさい」

「そんなことをすれば、米英の怒りをかいます」にわか総理大臣が言葉を強くしました。

「三国同盟を結び、米英の力をかりて、ロシアと戦うほか、道はありません」

「三国同盟の約束は、ほごにするのです。これは、わたくしの命令です」姫さまは、語勢を激しくしました。

しばしの沈黙を外務大臣が破りました。

「ほごにするとなれば、米英の怒りをかうわけですが。そうなると今度は米英に日本を侵略されるおそれが。食うか食われるかのこの時代、ちっぽけなことでも侵略の口実にされますから」

「その心配にはおよびません。ロシア同様に、米英も日本を侵略したところで、得をすることはないのです。両国の憤りは、使者を派遣し、丁重に謝罪し、おりあいをつけるのです」

「わかりました」総理大臣が小さな声で承服しました。

「やってはみますが」

「わたくしは、外国との衝突よりも、国内での問題のほうを重要視しております」

「国内での問題とは、やはりあの……」

「仏教道です」姫さまの表情は険しくなりました。「いまや中枢にまで浸透し、軍や財界、そして大衆を懐柔しようとしてるこの信仰組織は、絶対に大衆の味方なんかじゃございません。この悪の組織への対策をねりたいと思います」

姫さまはその対策をいろいろと述べました。

十名は困惑顔をしていました。やがて総理大臣が、自嘲的な苦笑いをうかべながら喋ります。

「ロシアや米英との妥協策に仏教道への対策のことですが。姫さま、われわれは、俄に間に合わせのように政府の要職についてしまったという者ばかりでございます。自分で言うのもあれですが、われわれは皆、でくのぼうなのです。姫さまの期待に応えられる能力はありません。むろん努力はします。しかし、自信はありません」

「何を申すのですか。人間、必死にがんばればできないことなどないのです」

姫さまは言葉を強くして、でくの集まりをあおり、その気にさせていきました。彼女の姿はいかな人間でも逆らえないまでの威厳がありました。ですが、プライベートでは密かに、沢田という男性との情事に溺れているのです。なんというギャップの激しさでしょうか。

沙織は教職に復帰しました。でも彼女が授業中にでも頭から離れない悩みは、九条のことでした。日本のため、子供たちのためだったといえども、自分は服部当摩なんぞにさんざん犯されたのです。こんな汚れた女を九条はどう思っているのか。彼はそんなことは気にしないと言ってはくれました。でも。

こんな恋の悩みなど日常的なことです。やっと平穏な日常生活に戻れたことは幸福なことでした。今後日本は良くなっていくのだ、と沙織は信じていました。そして沙織が教壇に戻ったことに、二年二組の子供たち二十六名はみんな大喜びしてくれたことは何とも嬉しい気持ちです。

でも二十六名の子供たちは放課後、校長に復職した伊地知に呼ばれたのでした。

「何の要件かしら」と沙織は怪訝な顔をしました。一つのクラスの生徒全員を校長が呼ぶなどめったにあることではありません。

「それじゃ、あなたたちは校長室へ行きなさい」

校長室に入った二十六名の子供たちに、伊地知校長は話します。

「君たち二十六名は、この学校の生徒の中でも、一番優秀で勇敢な生徒だ。これは大岡先生の教育の成果だろう」

褒め殺しにされた二組の子供たちは幼さ故におかしいと思う子はいません。みんな素直に喜んでいました。

「私は君たちに大きな期待をかけている。もっともっと国の役に立つ、勇敢な人間に成長してほしい、と。そこでだ。その成長を促すため、今から、極秘訓練を行ってもらう」

「極秘訓練。何ですか、それ」

「これから、上さまの屋敷を探検してもらう。これは研究だが。テストでもある。君たちに今より、もっと勇ましい子供に成長してほしいから、やらせる冒険だ」

不法侵入を生徒に命じる校長などいません。

でも幼い二十六名は疑うことを知らずに乗ったのです。そして徳川謙信の屋敷に忍び込んで、あっさりと子供たちは捕まったのでした。

　沙織は帰宅途中、将軍徳川謙信の家臣の者三名に呼び止められました。

「何ですって。上さまが、あたくしと話があるって？」

「左様。この上さまの招待に応じてくだされ」

「何のお話でございますか」祖父が大目付だったこともあり、沙織は謙信とは何度か会って話をしたことはあります。今回は唐突でした。不審に思います。

「日本の将来についての重大なお話です」

　謙信の屋敷に赴き、彼の部屋に入った沙織は、これまで見たためしのない、謙信の快活な態度が意外と思えました。

「五年ぶりじゃな。そなたと会うのは」

「はい。上さまも、とてもお元気になられましたね」

「唐突に申すが、余は、この日本を仏の国にしたいと願っておる。その理想国家成立のためには、そちの協力が必要じゃ。日本を平和で平等な地上天国へと導くためにな」

「何を申されるのでございますか」沙織は謙信の目に執念の光が宿っているのを窺い知り、慄然としていました。

「仏の国とは、無知無能の平民を奴隷とし、余の思いどおりの国家をきずきあげることよ。余の仏教道が日本を仏の国へと導く」

「何を申されるのですか。それのどこが、平和で、平等な仏の国なのです！」沙織は大声をだしました。

「仏の慈悲をうけ、平等の国に生きる資格のあるのは、人間だけじゃ。この世で人間は、血統の良い華族や士族だけよ。平民どもは虫けらに等しい。虫けらには、仏も平等も平和もあるものか。そちは血統のよい男爵令嬢。仏の国で幸福に生きられる資格は十分じゃ。だから余を崇め、余と志を同じくするがよい」

「誰が、そんなおぞましい志なんぞを」沙織の声はふるえていました。

「しかし、おはんはすでに、われらの計画に荷担してくれたではないか。あの姫君と共に」

松平五右衛門が現れました。

「お前は！」

「何を幽霊でも見るような目で、おいどんを見るか。おいどんもおはんと同じく、グリンピースを食わなかったでごわす」

「何ですって！　……あたくしたちが、すでにお前たちの計画に荷担した。そんな！」

沙織は、姫さまのあのときには妄想とばかり思っていた推測が正しかった事実を知りました。

「すると、あの児童襲撃事件の黒幕は、上さま、貴方さま！」

「そのとおりよ。そちら二人は、余が乗せた聖火に乗せられ、われらの仏の国成立のために貢献してくれた。おかげで今度こそ、青鬼を出せるわ。そちには何でも、望みの褒美をやってもいいぞ」

沙織はしばし言葉を失っていました。やがて怒りを爆発させます。

「鬼―っ！　お前たちこそが本物の鬼畜生よ！　子供たちをかえして！」

「沈まれ！　取り乱すでない！」謙信は一喝してから声を低くして、

「そちには、もうひとつ仕事をしてもらう」

「あたくしがすると思っておりますの。殺されても誰が、お前たちのためになんか！」

「ふふ。われらは、そちの一番の弱点を承知じゃ。人質がどうなってもいいと申すのなら」

「人質！」沙織はどっと冷汗を噴き出させていました。

「そちの愛娘さりのことなら心配しなくてもよい。血統の良い子供は優遇せねばならん。だが、虫けらも同然の平民のガキどもなど、どうあつかうかは余の腹しだいよ」

　障子が開かれました。沙織の生徒二十六名が皆縄でしばられ、謙信の家臣数十名に小銃をむけられているのです。

「先生、助けて！」

「どうじゃ。また余の思惑に乗る気になったか」卑劣な手段に顔色が蒼白になっている沙織を楽しむように眺めてから謙信は、命じました。

「姫君を殺せ！」

「！　……」沙織はしばらく呼吸ができませんでした。俄に全身が凍りつきます。人殺し。それも皇女殺しを。とんでもない！　それでも子供たちを人質にとられている今は、断れない心境になってしまいます。

「なぜ、姫さまを」

「あの女はとんだ裏切者だからじゃ。そちもあの姫の噂は耳にしてないか。彼女はある軍人と恋におち、ふしだらなことをしてる。そのある軍人は、平民のぶんざいで将校にまでのしあがった男。皇女ともあろう者が卑しい平民との色恋にうつつをぬかすとは、絶対に許せぬ！」謙信は憤怒の形相を見せました。

「余が天下をとり、仏の国の王となれば、雑種は根絶する。最近では士族が平民と結婚するというのが増えた。こんなやからは、一家全員死刑にする腹が余にはある。その手始めにまずはふしだら姫を見せしめに、処刑せねばならん。ただわれわれが、まがりなりにも天皇の皇女を直接手を汚して殺すというのは何かと障りがあるのじゃ。だからそちが殺せ。これで、姫を殺すのじゃ」

謙信は、拳銃を沙織にわたしました。

「姫さまを殺すなど、あたくしにはできない」

「それならば、このガキどもは皆殺しだ。そちの目の前で殺してやる」

「やめて！」沙織は叫ぶように言いました。

「ガキどもを助けたくば、明日の午後六時までに姫を、その銃で殺すのじゃ」

ここで、あの沢庵が部屋に入ってきました。

「この生臭坊主、貴方も」

「先生、仏につかえる者は、上さまと志を同じにせねば」沢庵は手鏡を持っていました。

「これは、わしの法力がこめられた鏡。あの姫さまがお亡くなりになられたときには、この鏡に赤い色がうつるのじゃ」

「姫の死の確認はこれで、できる。明日の午後六時までにあの鏡に赤い色がうつらぬ場合は、このガキどもの命はない」

脅迫に目の前が真っ暗となっている沙織に、追い討ちをかけるように、伊地知校長が現れたのでした。

「校長先生！　どういうことよ！」

伊地知は嘲笑いました。「私は、幕末のおりからの上さまのしもべだ。覆面をかぶり、白虎隊を扇動した男は、この私よ」

「でも、校長にはアリバイが。覆面男が扇動していたときには、校長は学校にいたはず」

「それは校長になりすましていた俺さ。体操着を盗んだのも俺だよ」ともうひとりの伊地知が姿をみせました。

「えっ！　校長が、ふたり……」

「私たちは、一卵性双生児だ。私が兄で、こやつは弟」

姫さまが、ある軍人と恋におち、情事に溺れているって。あのお方はそんな人ではない。ただ男女の愛だけは、わからないものだから、などと沙織は、皇女殺しという大それたことをしようとしている心もちから、まぎらわせようとすることをしきりに考えていました。

あの血も涙もない鬼畜生どもから、子供たちを救うには、もはや姫さまを殺し、その後で自分も死ぬしかないのです。沙織は自分を尾行している謙信の手の者をまきました。不思議としだいに開き直った心境になってもいました。

「何だと！　おはんら、尾行をしくじったか」

「松平、まあよいではないか」謙信はゆとりのある様子でした。「どの道、あの娘はこのガキどもを見殺しにはできないのじゃ」

「ただ、姫君殺しを見届けてから、あの大岡沙織を口封じに殺すという予定が」

「それも大丈夫じゃ。沙織は姫を殺した直後、自分も死ぬだろう。それで、沙織が乱心のために皇女を射殺したということにすればよい。この皇女殺しにわれわれは関与していない」

サングラスをかけて、太刀を背に負った士族服の女性に出くわした九条は目を見張りました。声をかけます。

「貴女さまは、姫さまではございませんか」

「奇遇ですね」姫さまはサングラスをはずしました。

「沙織さんから昨日連絡がありまして、今から会う予定ですの」

人気のない道を二人は歩き、話をしました。

姫さまの話に九条は驚き、「白虎隊を扇動した覆面男が叔父上ですって！　そんなご冗談を。何を申されるのですか」

「先生から聞いた話によると、児童に夜間教練を行わせる夜を、あの満月の夜に定めたのは、校長先生の一存だったというではございませんか。これはおかしいとわたくしは思ったのです。本来夜間教練は暗闇の中で行うことに意味がございます。それなのによりによって何故、明るい満月の夜に強硬にやらせたのか。その必要は、とそこを不審に思ったおりから、わたくしは校長先生に疑惑を抱いておりましたの」

「証拠はあるのですか。叔父上にはアリバイがあるのですよ」九条は自分の叔父が疑われているのに腹を立てていました。

姫さまは意に介さず、

「校長先生には双子の弟がいた、と。その弟が、校長先生になりすましていたのです」

「叔父上の弟は、幕末の時に亡くなりました。叔父上と同じく新撰組の隊士でしたが、鳥羽伏見の戦いで、戦死したのです」

「上さまの命令に従い、死んだふりをしていたのです。そして三十年間も行方をくらませていたのです。上さまの仏の国をきずきあげるためのはかりごとは、すでに幕末の頃から始まっていました。そして機は熟したと判断した上さまの児童襲撃をしでかしての計画は、たった一つの手落ちのため、失敗し、望まぬ赤鬼を出すはめになりました。でも今回の計画においては、聖火さまをだまし、わたくしと先生を赤鬼のいた逆賊の内部に潜入させることで今度こそ、ぬかりなく青鬼を出現させるめどをたてたのです。その上で邪魔者の逆賊の服部ら首脳と政府や軍の首脳を抹殺することまで、できました。そのために逆賊や軍は優れた頭を失い、手足だけとなり、その手足を、悪化した情勢に乗じて勢力を拡大させた上さまの仏教道が懐柔しようとしております。倒すすべのなかった赤鬼は地獄に戻ってくれて、万事上さまの計画どおりに事は進んでおります。

そして今日の夜は満月。そう今日の夜に上さまたちは、青鬼を出現させる計画を決行するつもりです。青鬼はゴジラなみの巨体で、赤鬼と違い、出現させた者の意のままに行動します。このままでは青鬼の力で日本は、上さまの思いどおり」

黙って聞いている九条には、荒唐無稽な話としか思えず、到底信じることができないのは無理もありません。しかし、たんたんとした口ぶりで喋る姫さまが正気を失っているとも思えず、九条は姫さまの話を真剣な表情で聞き続けていました。やがて口を開き、

「三つ目の条件は性。性的興奮が最高潮に達すること。スカートをはいた女性が子供の死体をまたぐという行為は、青鬼が性的興奮を覚える行為とは、反対の行為だから、青鬼は出現しなかった。またぐの反対は、またがないでしょう」

「いえ。鬼の世界での感覚では、またぐの反対は、踏んづけるです。スカートの女が子供の死体を踏んづけることを繰り返すことにより、青鬼は性的興奮を高ぶらせるのです。むろんあの惨状の場の西や東の通路は、子供たちの死体がるいるいとしていたので、女性がうっかり踏んづけてしまうこともありましたが、さすがにそんなことをするのは極めて少なかったので、青鬼の性的興奮が、最高潮に達するまでには至らなかったのです」

「そうですか。でもぼくには白虎隊を扇動した覆面男が、あの叔父上とは、信じられない」

「事実よ！　あの校長は鬼畜生の将軍の犬なのよ！」と前から沙織の叫ぶ声がしました。

そして沙織は拳銃を握り、銃口を姫さまに向けているのでした。

「沙織さん。何故……」九条が呆気にとられた顔をしました。

姫さまは顔色ひとつ変えずに、もの柔らかに喋ります。

「先生とは、ここで会う約束をしておりましたの」

「沙織さん、ばかなまねはおやめなさい！」と怒鳴り、沙織の手にある銃をもぎとろうとする行動にでようとした九条を、姫さまは、手で制しました。

銃口を向けられても全く動じる様子を見せない姫さまの度胸に、沙織はひるみました。度胸というよりはよほど鈍感な人なのか、とも思いました。

「姫さま、申し訳ございません。でも姫さまを殺して、あたくしもすぐ後をおいますから。そうしなければならぬ理由がございますの」

姫さまに銃口を向けている沙織の体はマラリアのようにふるえています。暴発の可能性も大いにあります。されど姫さまの平静さは崩れることはなく、引き金をひくことを逡巡する沙織に近づき、そのふるえている肩に手をおきました。

「その理由は、わたくしも存じております。ですが、わたくしを殺しても、彼らが約束を守って、子供たちを生かしておくはずはありませんよ」

「！　……」姫さまの言うことはもっともでした。あの鬼どもが約束など！　沙織の手から、銃がおちました。でも沙織はその銃をひろい、必死の形相になり、背を見せます。

「どこに行くんです、沙織さん！」

「離して！　もう時間がないのよ。午後六時になると子供たちが殺されるわ。助けなければ！」沙織は半狂乱になって絶叫していました。

「ばかな！　そんな銃ひとつ持って貴女ひとりが行ったところで、殺されに行くだけだ！」

「先生、ご安心を。少なくとも夜になるまでは、彼らは子供たちを生かしておくはずです」

姫さまが宥めるように言いました。

「そうだとしても」沙織はわけも聞かず、わめきます。

「もう時間がありませぬ。子供たちの命が！」

「それを未然に防ぐ手を、わたくしが、すでに打っております」

姫さまの落ちついた言葉に、沙織は我にかえることができました。

「姫さまが」

姫さまは説明しました。それで沙織がいくらか冷静になったのを見定めてから苦笑して、

「どうせ、わたくしを殺す理由を、わたくしと沢田さんのことと先生にふきこんだのでしょうが。彼らがわたくしを抹殺しようとする理由は、これですの」

沙織と九条は、示された姫さまの背にある太刀をみつめました。

「最初から気になってましたが、この刀はいったい？」と九条が聞きました。

「これは、魂の聖剣です。この聖剣のことを、上さまたちは知っているのです」

「こんな刀が、巨大な青鬼を倒す武器になる、と」

「倒すためのカギを握っている聖剣です。でもわたくしが死ねば、この聖剣も何の意味もなくなるのです。でもこの聖剣を使う前に、青鬼の出現は絶対に阻止せねばなりません」

姫さまは空を見上げました。満月の今夜も明るい夜となりそうです。


自分はおそれおおくも、皇女の姫さまと何回も密かに会い、情事を。夢のようですが、禁断の愛という自覚は沢田にもありました。

でも姫さまは俺のことを好き、と告白したのだ。愛し合う男女に身分の大差もあるものか、と沢田はひけめを打ち消します。そして姫さまは沢田に願いごとをしてきたのです。姫さまはすべてを打ち明けました。将軍徳川謙信の陰謀の事実を。平民を奴隷とし、謙信たち仏教道の思いどおりの

国家をきずきあげるための決め手として、子供たちを犠牲にし、青鬼を出現させるという。これは阻止しなければ、と姫さまは熱意をこめて言いました。貴方なら阻止できるとおだてられました。巨大な組織に挑むには自分は余りにも無力な人間だし、戦う度胸など、沢田にはありません。それでも姫さまのためなら、喜んで死ねる、と姫さまにあおられた沢田は、戦う決意を固めていました。

中隊長室で沢田大尉は、伊藤小隊八名に、熱弁をふるいました。

「青鬼が将軍のしもべとなれば、将軍の天下は定まってしまう。青鬼に守られた将軍の永久政権が定まるのだ。そうなれば日本はおしまいだ。諸君は陸軍レンジャー部隊の中でも特に優秀な選ばれた八名。私と共に将軍の屋敷に攻めこみ、二十六名の子供たちを救出しよう」

伊藤少尉たち八名は、沢田の正気を疑っている表情を隠せませんでした。話が、あまりにも荒唐無稽に思えたからです。

出陣の準備をする沢田に、黒木少佐が言いました。

「特高警察では、矢野警部率いる十三名が加勢してくれるそうだ。これで将軍たちを一網打尽にする用意はできたが、しかし」

「特殊レンジャー部隊に加えて、特高警察まで。誰にも相手にされない私の話を信じてもらえるとは、感激です」

「率直に言って誰も信じてはいない」黒木は苦い顔をしました。

「私は君を信頼してる。他ならぬ君のことだからこそ、君に協力したのだ。だが、話は事実なんだろうな。青鬼だのと荒唐無稽な話。何の証拠もないし。討ち入りして何事もなければ、ただではすまんぞ」

「事実です。それにこれはもともと、軍首脳部の元帥どののご命令ではありませんか」

「ふん。あんな俄に元帥となってしまったようなでくのぼうの。そのでくに指図してるのが姫さまか。私はどうも姫さまの正気を」

「大隊長どの、無礼ですよ！」


「いま時刻は八時。この時間まで待っても、沢庵の鏡に赤い色はうつらないでごわす」松平五右衛門が、眉間にしわをよせました。

「あの娘、姫君を殺せなかったようでごわす」

「そうか」謙信は、縄でしばられている子供たちを残忍な表情で眺めました。

「どの道、この者たちを殺すしかないが。もうよい。いまや満月の夜。とりあえず、儀式に取り掛かるのじゃ」

「しかし姫の手にある魂の聖剣は」

「青鬼を倒すカギを握ってるものと申すか。心配いらん。青鬼を倒すなど、不可能よ」

しばられている子供たちは恐怖のあまりに声も発せません。冷汗をおびただしく流すだけでした。

悪魔の儀式が始まりました。二十六名の子供たちは、謙信の家臣たちに小銃を向けられて包囲されています。

謙信は、夜空の満月を見据え、興奮を隠せません。

「ガキどもをひと思いに殺してはならんぞ。閻魔の逆鱗をかうためにも、血の量を予定どおりの量にするためにも、なぶり殺しにしなければならない。それから、そなたたちが、無残な死体を、青鬼の性的興奮が最高潮に達するまで何回も何回も、踏んづけて歩くのじゃ!」

三十名の士族服の女性がいました。好色な沢庵が釘づけとなるほど、美しい女たちです。

中には心ある女性が一人いて、彼女は叫びました。

「私はこんな恐ろしいことに関与するのは、絶対に嫌です! 上さまのお考えにはついていけませぬ。上さまは間違っております。どうかこんな惨いことはおやめ遊ばせ!」

「何、そちは余の命令に従えぬと申すのか。手討ちにしてやる!」謙信は腰の刀をぬき、ばさりっ! と心ある女を斬りすてました。

「ばかめが。おっと。そちたち、その女の死体を絶対にまたいではいかんぞ。そんなことをするとまた赤鬼が出てくるかもしれぬからな。もっとも子供の死体ではないから大丈夫だが」

「後は、地獄の聖剣を満月にかざすことですが、その聖剣は途方もない重さで、何十人がかりでも動かせません」

「当然よ。あの地獄の聖剣は聖剣に選ばれた者でしか持てぬ。あの聖剣は徳川家に代々つたわる宝物。徳川の権力の鬼の血をひいた余を聖剣は選んだのじゃ。もっとも歴代の徳川家の者でも地獄の聖剣を持てたのは、これまで一人もいなかったがな。誰も地獄の聖剣に選ばれるほどの権力の鬼にまではなれなかったということ。だが余だけは違う。対照的にあの姫にしか持てない魂の聖剣は、稀にみるほどの聖者を選ぶ。……そんなことはどうでもいい。とりあえず、ガキどもをなぶり殺しにするのじゃ！」

松平五右衛門も沢庵も伊地知兄弟も、この場にいる誰もが、サディスティックな加虐心をつのらせ始めました。

これまでの子供たちの沈黙は破れ、いっせいに恐怖の悲鳴をしぼり出します。

ドガーン！　と爆音がとどろきました。広い庭の塀が破壊されて、謙信たちは混乱しました。

「何事じゃ！」

「特高警察だ！」矢野警部が怒鳴りました。

「将軍徳川謙信。ならびに一同の者。お前たちの残忍非道な大罪は、見届けた。現行犯で全員逮捕する！」

「慌てるでない！」謙信はわめきます。

「ガキどもを人質に、盾にするのじゃ！」

レンジャー部隊がすでに行動を示していました。さすがは特殊レンジャー部隊の八名。人間離れした手際で、子供たちを盾にしようとしていた者たちの腕や足を撃ちぬき、あっという間に子供たちを救出しました。

ひっきりなしの発砲が続いても、死者は出てはいません。救出隊の命令権を持つ沢田大尉に姫さまが、お願いしたのです。どんな銃撃戦となっても、相手の命までは奪わないでくださいませ。どんな人間の命も尊いのです、と。沢田は甘い人だとは思いました。でもそこは特殊レンジャー部隊が八名もそろうと、謙信の手の者など、五十人くらいは、まるで赤子です。これでは殺す必要はありません。

「あらかた、逮捕しました」矢野警部が沢田に述べました。

「上さまは、どうしたのです」と、かけつけてきていた姫さまが口を出しました。

「申し訳ございません」特殊レンジャー部隊小隊長伊藤少尉が詫びました。

「そこに手落ちがありました。将軍は、取り逃がしてしまいました」

「それで、まさかあの地獄の聖剣を持って逃げたのではありませんか」

「地獄の聖剣?」伊藤は一瞬それは何？　という顔をしました。

「そういえば、妙な刀を将軍は抱えておりましたが」

「それは大事です。至急上さまを捕まえるのです！」

姫さまと伊藤少尉が深刻な表情で話をしているのを尻目に、救出された子供たちは、先生、と沙織によってきました。

「みんな無事ね。えっ！」一人たりません。沙織は尋ねます。「よねちゃんは?」

「あっ。叔父上！」九条が叫びました。

塀は破壊され、そこから伊地知がよねを抱えて逃げていました。

「校長！」沙織も叫びました。

「俺が捕まえる。足には自信がある」と沢田大尉が追いました。全員がその後に続きます。

本人が言ったとおり、沢田の足は速く、よねを抱えた伊地知なんぞ、すぐに追いつきました。

道を曲がった時には、あたりは高い塀だけの行き止まりです。伊地知は追い詰められて、拳銃をよねの頭に向けけました。

「来るな！　それ以上近づくと、このガキを殺すぞ！」

沢田が常套句を並べます。

「よせ！　これ以上、罪を重ねてなんになる。もう逃げられんぞ。観念して、人質を解放しろ！」

「こんな貴重な切り札を解放するばかがいるか！　思えば、致命傷にはならないところを刺しての偽りの切腹。あのときは痛かった。それから色々な苦労をしながら、仏の国実現の夢を。それをお前らはぶち壊しやがった」

伊地知は涙を流しながら、まくしたてていました。

「だが俺は逃げるぞ！　逃げのびてみせる。もし捕まれば、俺は、死刑だ！」

「そのことならば、安堵なさい！」姫さまが大声でつたえます。

「御前会議において、わたくしが、この日本を死刑廃止の国にすることを定めましたから」

えっと沙織と九条は顔を見合わせました。特高警察やレンジャー部隊の全員もざわつきます。天皇は寝たきりとなり、政府首脳は首脳とは名ばかりのでくのぼう揃いとあって、いまや姫さまが実権を握っているとは誰もが知っていました。姫さまの鶴の一声で、死刑廃止と。この甘いお方らしいけれども、日本から死刑がなくなると、たちまち凶悪犯罪が増加すると思えました。

「それでも」伊地知の顔から安堵の色が消えてまたわめきます。

「刑務所暮らしなんぞ、俺はごめんだ！　今すぐに逃亡用の車を用意しろ。さもなくば、このガキを撃つ。まずは、足を撃ちぬく！」

伊地知に抱えられているよねは、足に銃弾があたったときの苦痛を恐れて泣き叫びました。

「いやーっ！　助けて！」

「校長、貴方という人は」

沙織の目は据わり、今にも血を吐きそうな声を出しました。それから強い口調で言います。

「人質なら、あたくしがなります。絶対に貴方にはさからいません。貴方の言いなりになります。その代わり、その子を解放しなさい！」

「嘘をつけ！　大人なんぞ人質にするものか」

沙織と伊地知が抗弁しているときに、伊地知がスキを見せました。そこを逃さず、沢田が発砲します。

弾は伊地知のよねを抱えている左腕に命中し、伊地知は、少女を地面に落としました。

「くそ！」と伊地知は何回も発砲します。

伊藤少尉が発砲して、伊地知の銃を握っている右腕に命中させて、銃を落とさせ、矢野警部率いる特高警察隊が伊地知に迫り、逮捕することができました。

解決後、姫さまは沢田をねぎらいます。

「ご苦労様。ほんとありがとうございます。みんな貴方のおかげで……！」

背後からの姫さまの声に沢田は応じません。黙り込んでしまっています。

「沢田さん！」姫さまは悲痛な声をあげ、沢田の正面に回りました。伊地知の発砲した弾が沢田の心臓に命中していたのでした。ドオオオッと沢田は仰向けに倒れました。

「そんな！」姫さまは跪き、死体にとりすがり、火がついたように泣き出しました。

激しく泣く姫さまを、沙織は呆気にとられた顔をしてみつめていました。銃口を向けられても顔色ひとつ変えないという姫さまが、まさかこうまで取り乱すとは、意外でした。

泣きやむのを待ってから、沙織は小声で言いました。「姫さまは、そんなに沢田さんのことを」

ところが姫さまは首をふったのです。

「いくら日本のため、子供たちのためといえども、こんなにも、この人の心を弄んでよいものか、とこれまで、わたくしなりに苦しんできたのです。わたくしは沢田さんを利用したのです。ふしだらにも誘惑して利用しました」

この場にいる全員が聞き耳をたてる中で姫さまは説明しました。

世間では、廃人も同然と思い込まれているような将軍徳川謙信が、天下とりのために、恐ろしい計画を企てているなど、この話だけでも誰にも信じてもらえません。それは確かな証拠を姫さまが持ってはいなかったので無理もないことでした。まして、満月の今夜に、青鬼を出現させるため、子供たちを生贄にするなんて余りにも荒唐無稽にすぎる話。俄に政府や軍の首脳となった者を姫さまが言いくるめて、軍首脳部の命令としたところで、この当時、一応は自由と平等の世を目指すのが、国の方針でしたから、軍首脳部の命令といえども絶対に服従しなければならないとまで定まっていたわけではなかったのです。従って配下の軍人や警察は誰も服従しないし、相手にもされないばかりか、姫さまの正気を疑われるだけなのは、みえていました。その上、今や仏教道に軍と警察が少なからず懐柔されている現状。敵と味方の区別すら難しいという問題までありました。袋小路を打破するために姫さまが、やむをえず利用したのが沢田でした。

「沢田さんのこと好きです、と偽りの愛で沢田さんを信じ込ませ、気が小さく臆病なこの人をあおって奮発させたのです。わたくしは、何と申し訳ないことを。そのあげく、この人を死なせてしまいました！」

また泣き出した姫さまを眺めて、特殊レンジャー部隊小隊長伊藤少尉が口を開きました。

「なるほど。たしかに沢田大尉どののあのもののけに憑かれたような熱心な掛け合いと黒木少佐どのの説得がなければ、われわれは、でく元帥の命令など、アホらしく思えるだけで、無視していたところだっただろうな。元帥を指図していた姫さまの正気を疑るだけだっただろう」

「でくのぼうでも、元帥や陸軍大臣の命令とあらばそうそう断れませんよ。しかしやっぱ信じられず、ばかばかしすぎると、自分もそんな命令は無視していたところですね」と伊藤の部下も胸のうちを語りました。

「私は今でも信じん」石頭の矢野警部は言い張ります。

「奴らの奇妙な凶悪犯行は見たことだから、信じるしかないが。そんな地獄から青鬼がこの世に出現するなど、ばかな話ですよ。そもそも死後の世界なんかあるはずがない。天国も地獄もなく、人間死ねば、無となるまでですよ」

「そうだな」同じ石頭が相槌をうちました。

「将軍たちは、集団発狂したのに相違ない」

いろいろと喋る彼らにかまわず、沙織と九条は、まだ動揺している姫さまを元気づけようとしていました。九条が言います。

「姫さまのご心中お察しいたしますが、そんなに悲しまないでください。ご覧ください、その沢田大尉の死顔を。ぼくは、こんなにも幸福な死顔など初めて知りました。沢田さんだって軍人だ。お国の役に立ったということは、本望でしょう。何より、姫さまに愛されたと思い込んだまま、死ねたのです。こんなにも幸せな死にかたは他にはありません」

「それに、決して偽りの愛だったのではなくて」沙織も慰めます。

「姫さまは、沢田さんのことを愛してましたわ。男女の愛とは違う意味の愛情ですが。姫さまは、だましていたというわけではございません」

二人の慰めがきいて、姫さまはやっと立ち直りました。

使いに出していた矢野警部の部下が、矢野の方へ急ぎ足でやってきました。矢野は彼の話を聞いてから姫さまに報告します。

「逃げた将軍をすみやかに指名手配しました。特高警察が全力をあげて将軍逮捕に動きます」

「それと同時に」伊藤少尉も報告します。

「姫さまの指図どおり、軍隊が関東中の老人ホームの警護にあたることもぬかりなく、また、高齢者は今夜は外出は禁止することと、家の戸締りをすることなどの呼びかけを、車を使って、行っております」

「ご苦労様です」姫さまは険しい表情をして話します。

「上さまが、あの地獄の聖剣を持っている限り、青鬼の出現を阻止できたことにはならないのです」

矢野がやれやれといった顔をして、きっぱりと言います。

「お言葉ですが、自分は絶対に信じません。そんな青鬼だの、地獄の聖剣などは」

「私は百歩ゆずって信じるとしましょう」伊藤少尉がそう言いました。

「でも軍や警察を動員させて、老人たちを守る必要は、いったいなんですか？」

「貴方がたの活躍により、計画が阻止され、ひとりにされた上さまが次に狙ってるのが、高齢者だからです」

「お年寄りを」沙織が口を挟みました。救出されたよねは、沙織に身をよせていました。いまだ恐怖から立ち直れない様子です。

姫さまは説明します。

「満月に青鬼を出現させる方法が、あと一つだけありますの。それはあの地獄の聖剣で何十人もの高齢者を斬殺し、その上で、上さまがその死体を踏んづければ、青鬼を出すことができます」

「そんな！」

「これは赤鬼の口から知った事実です。そんな条件で出てくる青鬼は、ゴジラなみの巨体なのは同じです。でも、出現させた者のしもべにはなりません」姫さまは言葉をきり、その身をふるわせました。「現れれば、破壊と殺戮を理性なしに行うだけ。この地球の生きとし生けるものを絶滅させるまで、破壊行為をつづけます」

「大変！」沙織も身震いしました。

「これはもう、将軍を逮捕するなんて甘いこと申してられませんわ。将軍は見つけしだい射殺すべきよ！」

「でも大丈夫ですよ」と九条が言いました。

「この世界中の人類を絶滅させる青鬼など、将軍が出現させようとするとは、到底思えません。だって、そんなことしたら将軍も殺されることになるのでしょう。そんな自分で自分の首をしめるようなばかなまねは」

「ですが、人間はやけになれば。ましてあの上さまならば、ひょっとしたら」

「姫さま、将軍の目的の話は自分は信じませんが、狂った将軍が何人もの老人を殺そうとしてるのは間違いありませぬ」矢野警部が義憤に身もだえします。

「沙織さまの意見どおり、将軍を見つけしだい射殺せよ、との命令を配下の者に出します」

「そのとおりだ」と伊藤少尉が目を光らせました。

「将軍は、われわれ特殊レンジャー部隊が射殺してごらんにいれます」

射殺の方針を固める雲行きに、姫さまは乗り気にはなれず、哀しそうな表情をしていました。なんにせよ、夜があけるまで、まだ時間はありました。


関東地区に急遽指名手配。しかも発見しだい即射殺命令まで出し、全老人ホームの警護を厳重にしようとも、そこは大都会の盲点。おのずとゆきとどかないところもありました。

天下人の野望が阻止された将軍徳川謙信は狂っていました。ぐるるっうががっ！　という野獣のような絶叫を響かせながら、都心のはずれにある老人ホームへ単身で押し込みました。その老人ホームは警護がゆきとどいてなく、無防備でした。ゆえに無警戒だった老人たちの集団に、地獄の聖剣をぬいた謙信が斬りかかり、惨劇の幕があがります。

謙信の獣の奇声に、老人たちのくぐもった悲鳴。その悲鳴は断末魔の絶叫に変わっていき、噴出する鮮血はおびただしく、ぶわっと飛び出る、はらわた……いや、これ以上残酷なシーンを説明するのは、やめましょう。

徳川謙信は狂気の目的を遂行しました。

逃げるだけ逃げてやる、と走り続ける謙信は、いつのまにかあの児童襲撃事件の現場である西の通路や東の通路へ足を踏み入れていました。息が切れ、歩くようになった謙信の耳に、今は亡き児童たちの怨嗟の声が入ってきたのです。お前がぼくらを、あたしらを殺した！　地獄へおちろ！

「黙れ！」謙信は怒鳴りました。

「何事も仏の国をきずき、余が天下をとるためじゃ。そのためならば貴様ら百姓町人のガキどもなど犠牲にするのは当然じゃ！」

東の広場へ迷い込むと、謙信の目に、亡き子供たちの霊がみえてきました。

「うぬっ！」

謙信は地獄の聖剣をぬきました。刃には斬りすてた老人たちの血糊がついています。

「この卑しい亡霊ども。どいつもこいつも手討ちにしてくれるわ！」

狂ったような奇声を響かせながら、やみくもに地獄の聖剣をふりまわす謙信にたくさんのライトがあてられます。まぶしさに動きを止めた謙信は、ぎょっとしました。多数の軍隊に包囲されて追い詰められました。

「徳川謙信。武器をすてろ。さもないと射殺する！」謙信を包囲している百名の兵士たちは、無数の子供たちの幽霊が見えることに皆わが目を疑っていました。幻覚かと思えました。

車のドアを開けた伊藤少尉が姫さまに問いかけます。

「何故、貴女さまには、将軍がこの場所にいるということが、おわかりになられたのですか？」

「上さまが、この襲撃現場に足を踏み入れると、子供たちの霊魂が、この魂の聖剣をとおして知らせてくれるからです」と答えた姫さまは聖剣を鞘からぬいていました。ずいぶん長い時間ぬいたままにしていました。

「子供たちの霊が何故、見えるんだろう」九条が不思議そうに呟きました。

沙織は涙を流して、

「非業の死をとげた子供たちの魂は、行くべきところへ行けず、さまよってるのよ」

謙信はわめいていました。

「きさまら、征夷大将軍の余に銃口を向けるのか。無礼者！」

謙信の態度に、銃口を向けている兵士たちは殺意を覚えていました。この外道には、射殺許可証まで出ているのです。

「多くの老人、子供を殺した鬼畜生め！」

「お待ちなさい」と姫さまが、引き金をひこうとする兵士たちを止めました。

抜いた刀を握って謙信に近づく姫さまに、沙織は期待をかけます。もしや姫さまは、将軍は、わたくしが斬るというつもりでは、絶対そうすべきよ。姫さま、ここで殺された子供たちの仇を討って！

「何をする気じゃ！」近づいてくる姫さまの表面から、殺気と怒りを感知した謙信は恐怖に身をふるわせました。

「仏教婦人の会長のそちが余を斬るというのか！」

子供たちの霊が、いっせいに、殺せ、殺せ、という言葉を響かせました。その恨みのコールはしだいにボリュームが上がっていき、場の大音声に兵士たちは耳を塞ぎました。

怨嗟の殺せコールに誘発されたのか、姫さまは聖剣を握っている右腕をふり上げました。

謙信の首が飛び、血しぶきがと思われましたが、姫さまは聖剣を背の鞘に戻しただけでした。そうすると、子供たちの霊は皆、誰の目にも見えなくなりました。

「ひやあああ」と謙信は腰をぬかしました。

「上さま」と姫さまは押し殺した声で呼びかけてから詰問します。

「無力な高齢者の人たちを殺す方法によって、出てくる青鬼は、貴方のしもべにはならないという、わたくしたちにとっても、貴方にとっても最低最悪の青鬼ですよ。それなのに何故？」

謙信はけたたましい笑い声をあげました。

そしてまくしたてます。

「余が天下人になれぬようなこの世など、滅びてしまえばいい。あの青鬼が出現すれば最後、この世に生きるすべてのものが皆殺しにされる。お前も死ぬ。お前たちも滅びる。だがな」

「……」

「余だけは滅びない。そちも知らないだろうが、今から数十分後に出てくる青鬼は、余だけには最低最悪のものではない。呼び出したわしだけは殺さない。この地獄の聖剣に選ばれたこのわしの身だけは安泰よ。するとどうなる。この世には、わし一人だけが生き残ることになる。わしの一人勝ちよ。やはり余が天下人じゃ！」

姫さまは、謙信の頬に平手打ちをくわしました。謙信が鼻血を出すほどの強烈なビンタでした。

「どの道、天下人の余を殴るとは」とわめく謙信を特高警察の矢野警部の部下が二人がかりで連行しました。

「姫さま」沙織は姫さまを睨みました。

「あんな外道は死刑以外ありえませせぬ。死刑廃止などとは！」

「善人の命も外道の命も、その命の重さに差は寸分もございません」と言い切った姫さまの威厳に、沙織はなおも言いつのろうとするのをやめました。

「それにしても」九条が不思議そうに姫さまの聖剣を見て、「その刀を抜いてると、子供たちの霊が出てきて、われわれもそれを見聞きすることができた。ところが姫さまが刀を鞘に戻したとたん、霊は見えなくなった。いったいその魂の聖剣とは？」

「ばかな！」石頭の矢野警部があくまで否定します。

「亡くなった子供たちの霊だと。そんなもの存在するはずがない。われわれは集団で幻覚と幻聴を見聞きしていたのだ。まもなくゴジラなみの青鬼が出現するというのも、ありえないことだ」

しかしここで、「東北地方で、巨大な青鬼が出現しました。もっか、破壊と殺戮を続けております！」という報告が入りました。

東北の仙台市に出現したゴジラなみの巨体をしている青鬼は、皆殺しだ！　という怒声を繰り返しながら、またたく間のうちに仙台市のほとんどを破壊しました。火災が発生し、死者は、すでに数十万人にものぼっていました。

もちろん人々はより集まって逃げていました。犬や猫たち動物も生きのびようとする本能で逃げていました。避難民がパニック状態に至るのは仕方がありません。でも、青鬼の息の根をとめないかぎりは、いずれは袋の鼠となるまでなのです。

総力をあげて青鬼を倒すべく出動した東北軍七万もの軍隊も、青鬼には歯がたたず、まるで赤子のように、あっという間に壊滅させられてしまいました。

青鬼を退治しないかぎりは、日本、いや世界中の人類が絶滅する、と誰もが感知できました。


おびただしい避難民でごった返し、関東も大パニックと化していました。

そんな中で、ある交番は緊急の会議場となりました。姫さまと元帥。師団長の田淵中将。沙織と九条に矢野警部も、この交番にいました。矢野は呆然自失の表情でぶつぶつつぶやいています。

「いま俺は悪夢を見てるんだ。こんなばかなことが」

姫さまは、テーブルの上にある関東地方の地図を見て、でくのぼう元帥に話します。

「東北地方を南下した青鬼は、やがてこの関東に侵入してきます。その前に、関東軍十万を速やかにこの場所に集結させて、迎撃態勢をとりなさい。そして青鬼を、この山の付近へおびきよせるのです」

「なるほど。この付近におびきよせるのに成功すれば地の利から、青鬼は袋の鼠となりますな」でく元帥はうなずきました。

「軍の総力をあげてそこにおびきよせ」田淵中将が口を開きました。

「袋の鼠にしたところで、十万の大軍に総攻撃をかける、と」

「いえ。おびきよせた後は、ただちに全軍を撤退させるのです」

「はあ」田淵中将はキツネにつままれたような顔をしました。やがて怒りをまじえた声で言います。

「撤退させろとは何事でございますか。国軍の軍隊が、敵を目の前にして全軍が敵前逃亡するなど、軍の恥です！」

「あの青鬼はたとえ世界中の何千万もの軍隊が束になって、総攻撃を試みても、どうせ屍の山をきずくだけなのです。軍の力など青鬼にとって赤子も同じです」

「じゃあ、そこまで途方もないモンスターを、軍がだめなら、何がくいとめるというのですか！」

「青鬼は、わたくしがくいとめてみせます」ときっぱりと言い切った姫さまに一同の者はみんな絶句しました。

　何千万もの軍隊が束になってもかなわない青鬼を、このか弱い姫さまが、退治するというのです。これでは、まさに女ドン・キホーテです。

「わたくしの正気を疑る前に、わたくしの力を信じなさい」姫さまは背中の聖剣を、テーブルの上に置きました。

「貴方たちにこの聖剣が持てますか」

「何ですか。こんなもの」田淵中将が持とうとしました。

「何だ、この重さは。わずかなりともひきずることすらできない！」

全員で力を合わせて持とうとしてもピクリとも動かせません。姫さまはそんな聖剣を軽々と右腕で持ち、背に戻しました。

「姫さまはいつから、こんな怪力女になられたのですか」田淵中将は目を剥きながら、問いかけました。

「そんなんじゃありません」唯一姫さまの正気を疑ってはいなかった九条が説明します。

「その魂の聖剣は持つ者を選ぶのです。類まれな聖者しか選びません。だから聖者の姫さまだけを選び、姫さまにしか持つことが許されず、姫さまだけが使えるものなのです」

聖者などと言われて姫さまはてれた顔をしていました。

「この聖剣こそが、青鬼を退治するカギを握る武器の一つ。青鬼を退治する他の武器や方法のことは、ぼくも知りませんが。姫さまには勝算があるのです。こうなったら姫さまを信じるしかないでしょう」

「姫さまにかけるしか」と沙織が呟きました。

誰もが本能的に、聖剣を持つ姫さまには、この世のものとは思えぬまでの不思議な力があるように思えてきていました。この力は、あの青鬼に対抗できるほどなのか。このさい、わらにもすがる思いで、対抗できる、と希望的観測から、信じられないことを確信にまでいたらせるしかなかったのです。

姫さまは対策の話を進めました。元帥の、「このパニックの最中では、動物園の猛獣たちは安楽死させるしかないでしょう」との意見に、姫さまは、「そんなことは絶対にいけません」と断固とした口調で言いました。

「しかし姫さま、猛獣たちが避難民を襲ったりしたら」

「そうはならないように軍隊が責任をもって対処するのです。伊藤少尉たち特殊レンジャー部隊にその任務を担っていただくのが妥当でしょう。陳腐な言い方ですが、人も動物も共に赤い血が流れてるのです。その命の重さに何の差があるというのですか」

沙織は、害虫の命ですら尊びかねないまでの姫さまのあらゆる生命への深すぎる愛情を思い知りました。こんなお方だから、当然のように死刑を廃止させるのでしょう。

「人にとって一番大切なものは、命あるものへの思いやりですよ」どんな命でも重いという主張を終えた姫さまは、地図を指して、「青鬼はおそらく、明日の昼ごろには、関東に足を踏み入れてくるでしょう。わたくしは、この山のこの崖に立って、必ず青鬼をしとめます」

「しかし。いったいどんな方法で?」と元帥が聞きました。

「それを説明するより先に元帥どのは、作戦にとりかかってくださいませ」

「はい。ただちに」

「青鬼をこの山におびきよせるのです。この山には、わたくしの他は誰も立ち入りを禁じます。これは命令です」

その山の崖で姫さまは青鬼と対峙するつもり。もしや姫さまは、青鬼と刺し違えて死ぬ気では、と沙織は心配しました。


翌日の午後一時。天候は晴れて、作戦の開始です。

「姫さまお一人で何ができるのです。姫さまがあの恐ろしい青鬼と戦う。そんなの殺されるだけです！」姫さまの侍女兼仏教婦人のまこはひどく取り乱していました。

「あなた方、どうして姫さまをとめなかったの！」

「それは」九条が事情を説明しました。

けれども、まこは納得しません。

「正気なの、あなたたち！　みすみす姫さまを一人だけで死なせるものですか。わたしも姫さまと一緒に死にます」

「あたくしたちも、貴女と同じ気持ちですわ。だから姫さまの言いつけにそむいてここに来たのです」

三人が今いるところは、姫さまが、青鬼と戦う場所と定めた山のふもとでした。

すでに青鬼は関東に到着。関東軍十万が、その青鬼をこの山の付近へ誘い込むべく、ありったけの大砲や銃をうちまくっていました。

ドガーン！　ドガーン！　とすさまじい音を響かせています。ですが、ゴジラなみの巨大な青鬼の足音はそれに劣らぬ響きです。どすーん、どすーん！　と地響きが聞こえます。

「耳が！」九条が両耳を手でふさぎました。

「早くこの山をのぼりましょう」とまこがせかしました。

九条はズボンですからいいものの、フレアスカートの士族服を着ている沙織とまこには、山登りは骨がおれました。


姫さまがいる崖に三人は入りました。

姫さまは三人を見るなり、はげしい語気で叱りつけます。

「貴女がた、ここに来てはいけないとあれほど言いつけたはずです。今すぐ立ち去りなさい！」

「絶対に立ち去りません！」とまこが叫びました。

沙織が話します。

「姫さま。あたくしどもでも何らかの役に立てればと思って、ここに参ったのです。どうか察してくださいませ」

考えてみれば、と九条はクールに思いました。自分たちがここに来たところで、役に立てることがあるものか、と。

　姫さまは抗弁をやめました。そんなことをしている時間はないのです。遠目で青鬼の巨大な姿が見えてきました。

「関東軍がおびきよせに成功したようです」と九条は叫んでから、

「でっかいなあ」

　青鬼は異様なオーラから、ゴジラよりもずっと大きく見えました。どすーん、どすーん、とすさまじい地響きをたてて歩き、世にも恐ろしい声音でわめきます。

「こんなところに誘い込み、俺様を袋の鼠にでもしたつもりか。俺様には何のこともない。ん。逃げるのか、きさまたち。全軍隊が敵前逃亡か。こりゃあいい笑い話よ。だが利口だ。俺様にかなうはずもないからな。もっとも、この地球中どこに逃げようとも、いずれは袋の鼠となるだけだがな！」

　青鬼の言うとおりです。この青鬼を姫さまがくいとめることができなければ、この日本は、いや地球はおしまいなのです。

　はたして鬼退治の方法は？

「わが心、すでに空なり」と姫さまは呟くと、背に負った魂の聖剣をぬきました。そして剣を雲ひとつない空へかかげました。

「何だ？」青鬼は首をひねり、正面の山の頂上にある崖に立っている姫さまを視野に入れました。

「あの女、一人で何をしようとしておるのだ」首をさらにひねり、

「うむ。この女の心がよめぬ。よみにくい。サトリの俺様が……ま、いいか。ぶっ殺してやる！」

姫さまが、のし歩き迫ってくる青鬼にひるまず、聖剣の先端を空にかかげていると、しだいに空が曇ってきました。黒い雲が上空をおおいます。

「あれは、雲なんかじゃないわ」とまこが言いました。まこと沙織に九条は、姫さまの命令で姫さまからさがり、岩陰にいました。

「よく見て」

沙織も九条も目をこらして、ここらあたりだけをおおっている黒い雲を見ました。一つ一つが丸い形をして、それが無数に重なり合って大きな雲のような形となっているのです。

「何よ、あれは？」沙織がうわずった声を出しました。

「あれは、霊魂です」とまこが答えました。

「あの児童襲撃事件で非業の死をとげた千七百名もの子供たちの魂です」

「！　……なぜ黒い色を？」

「無念の死に満たされない魂の色は、黒となるのです。この世で一番尊いもの、それこそが、魂。姫さまは人類だけにとどまらず、動物、植物、虫にいたるまで、地球上の全ての生きとし生けるものの命を尊び、それらを自分の命とひきかえにしてでも守ろうとする思いが、この世で一番強いという真実の愛が心にある聖者。そんな姫さまをあの聖剣は選び、聖剣を持たせると、魂を操れる能

力を姫さまに備えさせたのです」

「でも、どうしてあたくしの勤めてる学校の子供たちの魂を！　その魂を恐ろしい青鬼と戦わせるなんて。やめて！」語尾が怒声のようになった沙織は立ち上がりました。

「子供たちになんてことを！」

姫さまの背後へかけだそうとしていた沙織を九条が力をこめて止めました。

「おそらく、こうするしかないんでしょう！」

「子供には大人にはない偉大なパワーがある、と大昔から伝えられております」まこが解説します。

「神に近い存在なのが、実は子供なのです。おとぎ話でも、大人たちが束になってもかなわない鬼を退治するのは、決まって子供でしょう。桃太郎や金太郎など。当時の人々は子供を神に近い存在と信じる人が少なくはなかったのです。まして絶対の生命力を持つ子供の魂は、ただでさえ途方もないパワーと不死身さがあります。これが非業の死をとげた子供の怒りに満たされた魂であれば、人智のおよばない神のような力を発揮するのです。その子供の魂の力を操るしか、青鬼を退治するすべはありません」

「そんな。無力な子供が！」

「沙織さん」九条はさりげなく沙織の肩を抱きました。

「ぼくは、まこさんの話に頷けます。子供たちは無力な存在なんかじゃない。それに魂であれば、もう死んでるのですから、死ぬことは絶対にないから、心配することはありませんよ」

「九条さん」沙織は九条の言い分には納得できて、安堵しました。そして今、自分はこの人のそばにいて、肩を抱かれているのです。汚らわしい服部に抱かれて汚れた身の自分をこの人は全く気にせずに迎え入れてくれている……胸がときめきました。

でも今は色恋沙汰にうつつをぬかしている場合ではありません。

迫ってくる青鬼に対峙している姫さまは、聖剣を上空の子供たちの魂に示して願うように言いました。

「鬼のために非業の死をとげ、怒りに狂う童たちの黒き魂よ。迷う前にこのわたくしに力をかしてくださいませ。あなたたちの仇は目の前の青鬼」

姫さまの声に呼応し、上空の千七百の黒い魂は、雲のような形から、巨大な矢の形に変わりました。この魂の矢で青鬼の心臓をつらぬき、しとめるのが姫さまの狙いでしょう。

しかしあの大道寺天魔と同化し、人の姿をしていた赤鬼でも、その体は、機関銃の弾丸など簡単に跳ね返す、鋼鉄の壁でした。ましてこの青鬼の体であれば、鋼鉄どころかダイヤモンドのかたさのある筋肉でしょう。この世のものでは青鬼にかすり傷ひとつおわせることはできません。千七百の魂で作った矢は、この世のものではありませんが、はたしてこれで青鬼の心臓をつらぬけるでしょうか。

青鬼は高笑いしました。「そんなもんで、俺様をしとめるつもりか。笑わせてくれるわ」

青鬼の人差し指から、レーザービームが発射されました。数回撃ちまくります。

山は損害をうけましたが、姫さまには命中しませんでした。青鬼は余裕たっぷりに楽しみながら威嚇射撃をしただけです。

「姫さま、早く攻撃を！　魂の矢を放ってください！」まこが叫びました。

「いや」九条がクールに話します。

「いま先制攻撃を姫さまが、かけても、魂の矢は、青鬼に余裕でよけられてしまうまで。青鬼が姫さまの命を狙って攻撃をかけたときに、矢を放つのが、姫さまのお考え」

「それじゃあ」

「青鬼にも、狙いを定めて攻撃をしてくるときにはスキができる。そのスキを狙う。肉を切らせて骨をたつのが、姫さまの策」

「やはり姫さまは、刺し違える覚悟で」と沙織はいてもたってもいられない心境で姫さまの背をみつめました。

「逃げるなら今のうちだぞ！」と青鬼はわめきました。

「情けをかけてやったというのに逃げる気なしか。そんなに死にたいか。ならば望みどおりにしてやる！」姫さまの心臓を狙って、レーザーを発射します。

今だ！　と姫さまは青鬼の心臓に聖剣の先端を指し示し、魂の矢を放とうとします。

ところがここで狂いが生じました。マグニチュード七の大地震が発生したのです。激しい振動で的が狂いました。それでも魂の矢は、放たれました。聖剣で指し示されたところは、地震のせいで心臓ではなく、青鬼の右目でした。聖剣に操られるまま、放たれた魂の矢は、そこに突き刺さったのです。

「ぐわああ！」青鬼は右目を手でおさえました。「よくも俺様の目を！」

一方、地震が発生する直前に発射した青鬼のレーザーは狂いなく、姫さまの心臓をつらぬいていました。

姫さまは胸からおびただしい血を流し、跪きました。

「姫さま！」と三人は、姫さまにかけよりました。

「わたくしなら大丈夫。みんなさがってなさい」と心臓を撃ちぬかれた姫さまは、はっきりとした声で言いました。

「何――っ！」青鬼は目を剥きました。

「たしかに俺様のレーザーはあの女の心臓をつらぬいた。即死のはず。何で生きてるのだ！」

生きとし生けるものを守りたいという姫さまの深すぎる愛が、こんな奇跡を、と沙織は感動の涙を流しました。

「早く後ろにさがって！」

姫さまは心臓が止まったダメージから立ち直ろうとしながらも、強い言葉で命じました。

「誰が、さがって岩陰なんかに隠れてるものですか」まこが言い切りました。そしてまこは崖にある石を拾い、それを青鬼に投げます。

石は青鬼にとどきません。それでもまこは、石を投げつづけました。

つられて沙織も、石をにぎりました。

「沙織さん。石ころなんぞ投げて、どうなるものではありませんよ」と九条が言いました。

「でも」

「それより沙織さん、貴女、あの拳銃を携行していませんか」

「えっ」謙信に脅迫されて、わたされたあの拳銃です。それで姫さまを殺して自分も死のうとしたのです。

「持っておりますわ」

「ぼくにかしてください」九条は沙織から拳銃を貰い受けると、目を光らせました。

「奴とて目だけはダイヤモンドなんかじゃないはずだ」

「まだ三人いたか！」青鬼はいまいましげに睨み、「四人とも、ペチャンコになるまで、叩きつぶしてやる！」

迫る足を急がせようとした青鬼の左目に拳銃の弾が命中しました。青鬼は悲鳴をあげて、両手で顔をおおいました。

「目が、目が見えねえ！」

今です姫さま、との九条の言葉に、姫さまは最後の気力をふりしぼって立ち上がります。

ふたたび聖剣を上空にかざしました。魂の矢を自分の頭上にもどします。

「くそおお！　ぶっ殺してやる！」目が見えなくなった青鬼は、レーザーを繰り返し発射します。

姫さまは魂の矢を放ちました。

今度こそ狙いどおり、矢は青鬼の心臓に命中しました。しかし、先端が少し突き刺さっただけで、心臓をつらぬくことはできませんでした。

「こんな妙な矢ごときで俺様を殺せるか」青鬼が矢を手でひきぬこうとした刹那、魂の矢はグルグルとすさまじいスピードで回転し、青鬼の胸の筋肉をえぐります。

うぎゃーああ！　と青鬼は断末魔の絶叫をあげました。回転を続ける矢は、ついに青鬼の心臓をえぐりながらつらぬきました。ゴジラなみの巨体が倒れこみ、ぴくりともしなくなります。やがて、その青鬼の姿は跡形もなく消えました。死んだというより、元の地獄へ帰ったのです。

「やったあ！」九条が歓声をあげます。

「姫さまが、地球を救った！」

「姫さま！」とまこは悲鳴まじりの声をたてました。

姫さまは仰向けに倒れました。血で染まった姫さまの死顔は、世にも恐ろしいほど美しく、口許には微笑がうかんでいました。

「そんな」まこが、姫さまの傍らに跪きました。

「天皇陛下は、今日の朝にお亡くなりになられたのですよ」

沙織と九条は初耳に驚きました。

「姫さままでがお亡くなりになられると、天皇家の血筋がたえます。地球を救っても、姫さまが亡くなれば、この日本はどうなるのです！」

まこは姫さまの死体に取りすがって泣きつづけていました。

「あっ！」九条は上空の千七百の子供たちの魂を見て驚きます。一つ一つの魂の形は、矢から元の雲のようなものへと変わっているのですが、黒い色がすっかり真っ白になっているのです。

「仇を討ったうえで、姫さまの深い愛にふれて子供たちの魂は満たされたのよ」と沙織は涙を流しながら、言いました。

突然、眩しい光彩が上空をさえぎりました。

それは神々しい光でした。そして、山よりも大きな巨人が現れました。光り輝くその姿からは、性別は不明です。

「阿弥陀様！」これまで泣きつづけていたまこが叫びました。

沙織も目を見張りました。心が安らぎ、温かくなっていました。

「あたくしどもの前に阿弥陀様がお姿をお見せになられるなど」

阿弥陀様は喋りました。

「姫、そなたは己の命とひきかえにして、この地球上の生きとし生けるものの生命を救った。見事です。さすがはあの魂の聖剣に選ばれし聖者だけに、あの青鬼を退治することができた……」

沙織たちは、阿弥陀様の話し相手が、姫さまの霊であるということを知りました。沙織ら三人は無視されているのです。

「そなたの愛は、千七百の子供たちの黒い魂をも、白へと変え、子供たちの霊はいま行くべきところへ迷わず行くことができている。

そなたの気高い霊は本来ならば、私たちの住む世界へ行くべきところ。しかしそれは、この地球にとっては余りにも惜しまれることです。地球にはそなたが必要なのです。そこで、この私の力でそなたを人間界に住める霊となれるようにしてさしあげましょう」

仏の光が姫さまの死体に注がれました。すると、姫さまの霊が沙織たちの目にも見ることができました。生きていたときと変わらない姫さまが、はっきりと見えたのです。

「これでそなたの霊は、人間界に住む誰の目にも耳にも、そなたを見ることも聞くこともできる。魂の聖剣をぬかずともな。そなたの霊を人間界に住むことができるようにしたのは、世の中を良い方向に導かせるという、天命をそなたにあたえたからです。それでは、さようなら」

阿弥陀様は、あっさりと消えました。

「姫さま！」とまこが、姫さまの幽体に抱きつきました。

「良かった」

まこと抱き合っている幽霊の姫さまは喋りました。

「世の中を良い方向へ導くのが、わたくしの天命。それは大衆のための理想国家をきずくこと。それは仏の力をかりて実現できる……そして世界中を幸せにすることこそが、わたくしの天命」

幽霊の姫さまは決意を固めた表情でした。

「今日から、仏と姫さまの愛が、世界を変える」と九条が沙織の肩を抱いて言い切りました。

地球を救った姫さまは、地球を変える力も備えているのです。沙織は明日からのことを想像すると、胸がドキドキとときめきました。


自らの命とひきかえにして、青鬼を退治し、地球を救った姫さまは、亡き報徳天皇にかわって幽霊の身で皇位につくなり、独裁権力を握りました。世の中を仏の前で誰もが平等で平和にするためには、姫さまが独裁者となる必要があったのです。不死身の幽体をもつ姫さまを、国民は誰もが、女神と崇めました。

何より姫さまの存在によって、なにも死んでそれでおしまいではなく、誰にでも来世があり、この世に生きている間の行いの良し悪しにより、天国か地獄か決まる事実を誰もがハッキリと思い知らされたのです。これが心霊科学革命と呼ばれました。

姫さま、いや、女帝は仏の道の教育を国民に徹底しました。常にとなえている言葉は、この世で一番大切なものは命あるものへの思いやりであり、これこそが、平和や平等をきずく、愛であるということです。女神のようなカリスマ幽霊女帝の言葉は、まさに神の言葉でした。

多くの国民は、仏と来世を意識し、平等と平和の心を温かく育むに至りました。この影響力は、世界中にもおよび、近いうちに世界中が軍隊も警察もいらない、地上天国が実現する、と予想する人もいるくらいでした。

少なくとも、日本のカリスマ幽霊女帝の途方もない影響力で、世界は食うか食われるかの帝国主義、軍国主義はなくなったのです。

平和で平等な世を多くの人々がおうかしている中で、沙織と九条は結婚しました。そして沙織は、学校では校長にまで出世しました。

万事、めでたしめでたし。

完

一人相撲（処女作）

タイムマシンが完成した。

「できたぞう！」

発明した本人の若い科学者は狂喜した。

彼は発狂するんじゃないかと心配になるほどの嬉しさをこらえきれず、油がしみつき、ゴミが錯乱している床をごろごろと転がり回った。そして立ち上がると、ばんざいをした。

「ついにーついに！」

彼は泣いていた。「私の幼少のころからの悲願が叶った。こんなものを発明した者は、世界中どこを探してもむろん一人とていない。私のバラ色の将来はこれで約束された」

彼は高笑いをはじめた。

「こんなものが発明できるわけがないと冷笑し、私を狂人あつかいした者を見返すことができる。これからは今までとは逆に多くの人に尊敬され、多くの美しい女たちが、私に言いよってくるようになるのだ」

彼は興奮が絶頂にたっして、失禁した。

それにも気づかず一人でわめいていた。

「ノーベル賞ものだ。私は歴史に名を残す偉人となったのだ」

こんな状態がしばらく続いて、このタイムマシンに乗って過去に行ってみようか、それとも未来に行こうかと考える。

　結論はすぐに出た。

「未来だ。二十年後にでも行ってみよう。そしてそこで二十年後の私を見てみよう。美しい妻や可愛い子どもたちと一緒にプール付き、メイド付きのゴージャスな屋敷に、未来の私が住んでいることは当然だが、それを見てみるのが、いちばん先だ」

　彼は、汚れた服を新しい服に替えて、タイムマシンに乗った。

　操作はいたって簡単だ。

　彼は、未来へのボタンをおし、二十年後の7月8日の午後十二時に行くようにした。彼は夏が好きなので7月の8日にしたのだ。

　レバーを後ろに引くと、それで未来に行ける。

　タイムマシンは思いどおりに二十年後にむかって、つき進んで行った。そしてついに、二十年後の7月8日に、彼の乗ったタイムマシンは無事到着した。だがその瞬間、彼は無の世界に入ってしまった。つまり、彼は死んだのだ。

　二十年後の20XX年7月8日午後十二時は、核戦争によって地球人類が、滅亡してしまう運命の時だったのである。

　1994年十月十一日午前一時二十四分完成。

あとがき

前作四百枚の『悪霊の初恋』が十七年もの歳月を要したのに反して、今回の三百枚の『鬼退治』は約三年で完成することができた。下書きを何回も何回もやったのは、『悪霊の初恋』と同じだけど、なまけなかったのがこの差だ。それでも三年以上もかかった。やはりテレビと小説の両立は難しいということだ（やはりなまけたけれども）。『鬼退治』はパラレルワールドだ。時代設定を明治時代としたが、その当時どおり、人生五十年だの背が低いだのとは、読む人に思われたくはない。現代人と同じと思っていただければ嬉しい。

おまけの『一人相撲』は、ぼくの処女作だ。大学ノート一枚のショートショートだ。何ともなつかしい。

二〇一六年十月十一日

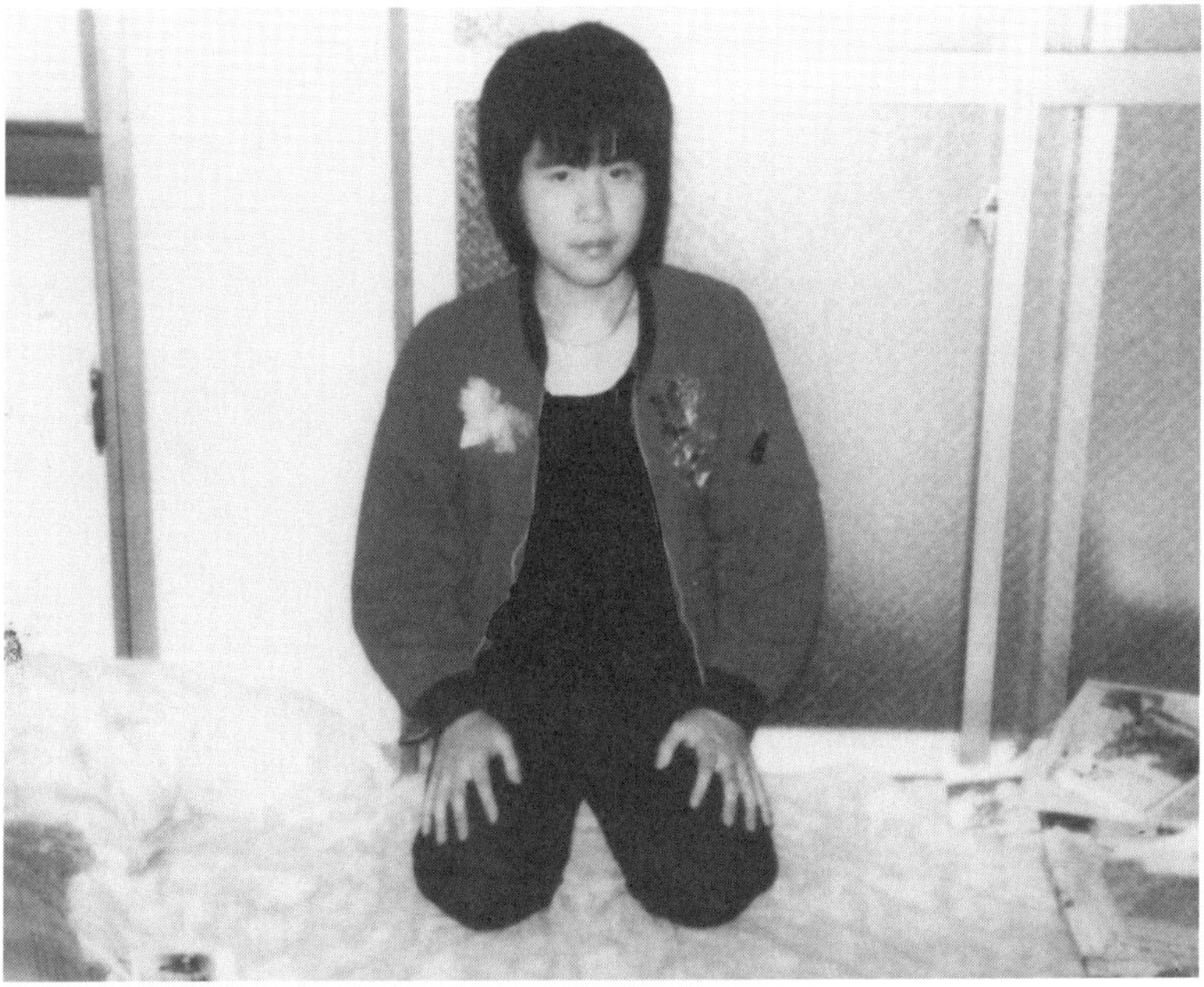

作者

著者プロフィール
滝川 麻紀（たきがわ まき）

本名樋口健一
2001年『蝉』（文芸社）刊行。
2008年『道〜パラレルワールド〜』（文芸社）刊行。
2011年『悪霊の初恋』（文芸社）刊行。2012年に文庫化する。
文芸同人誌から離れて以降はバイオレンスやミステリー小説を手がけている。

鬼退治 パラレルワールド

2021年４月15日　初版第１刷発行

著　者　滝川 麻紀
発行者　瓜谷 綱延
発行所　株式会社文芸社
〒160-0022　東京都新宿区新宿1－10－1
電話　03-5369-3060（代表）
03-5369-2299（販売）

印刷所　株式会社フクイン

ISBN978-4-286-22195-3